Manuela Kusterer

AF200481

Gefährliche Entscheidung

Copyright © Manuela Kusterer
Alle Rechte vorbehalten
2. Auflage Oktober 2020
Covergestaltung: Peter Kusterer
Foto Umschlag: Abdobe-Stock
Herstellung und Verlag: BoD -
Books on Demand, Norderstedt
ISBN: 978-3-7519-3709-2

Manuela Kusterer, in Pforzheim geboren, Jahrgang 1964, lebt heute mit ihrem Mann und ihren zwei erwachsenen Söhnen in der Nähe von Karlsruhe.

Der Kriminalroman „Gefährliche Entscheidungen" spielt in Pforzheim und in Berlin.

Ihre Krimiserie „Lea und ihr Team" spielt in Schömberg, an der Pforte zum Schwarzwald und Umgebung.

Außerdem hat die Autorin den Krimi „Wer nicht vergessen kann, muss töten" geschrieben, der in Pforzheim und Karlsruhe spielt.

Dann gibt es noch eine Romanserie, die mit dem ersten Teil „Die Liebe, das Leben und die täglichen Katastrophen" beginnt.

Besuchen Sie die Autorin im Internet
www.manuelakusterer.com
oder in Facebook:
AutorinManuelaKusterer

Handlungen und Personen in diesem Kriminalroman sind frei erfunden.
Ähnlichkeiten mit lebenden und toten Personen sind nicht gewollt und rein zufällig.

Buch

Luisa Kessler lebt mit ihrer kleinen Tochter Annabelle in Pforzheim. Nachdem nun schon ein Jahr
seit dem Selbstmord ihres Mannes vergangen ist,
versucht sie sich ein neues Leben aufzubauen.
Fast gelingt ihr das auch und sie gesteht sich sogar
ihre Gefühle ein, die sie für ihren Chef, den Apotheker Felix, empfindet.
Dann aber fühlt sich Luisa des Öfteren beobachtet
und verfolgt. Als sie schon befürchtet unter Verfolgungswahn zu leiden, bekommt sie eine Nachricht, die ihr ganzes Leben auf den Kopf stellt. Sie
trifft eine Entscheidung, die alles ändert.
Zur gleichen Zeit wird in Berlin eine Studentin bes-
tialisch ermordet.
Die Tat erinnert an einen Fall, der schon einige
Jahre zurückliegt.
Während Hauptkommissarin Maren Westphal
und ihr Kollege Sven Reichenbacher ermitteln,
wird die nächste junge Frau tot aufgefunden.
Ob die Polizeibeamten einen dritten Mord verhindern können?

Dieses Buch widme ich meinem Sohn

Marvin

Prolog

Stumm schaute Liane Berger ihren Mann an. Sie saßen am Tisch in dem modern eingerichteten Esszimmer ihrer schönen Altbauwohnung. Wortlos hatte sie einen zweiten Kaffee vor ihn auf den Tisch gestellt und trank selbst auch einen, nachdem die Kinder in den Kindergarten und in die Schule gebracht worden waren. Emma konnte mit ihren fünf Jahren noch nicht alleine in den zwei Straßen entfernten Hort gehen und für ihren Sohn war es ebenfalls besser, wenn er nicht ohne Begleitung durch die belebten Berliner Straßen laufen musste, vor allem, weil die Familie erst seit Kurzem in dem Stadtteil Friedenau wohnte. Schließlich war Lars erst acht Jahre alt.

Nachdem das Schweigen mehr als unangenehm geworden war, unterbrach Markus die Stille: »Was wirfst du mir jetzt eigentlich vor? Ich kann doch nichts dafür, dass ich jetzt arbeitslos bin. Ich habe mir nichts zuschulden kommen lassen. Und dafür, dass die Firma Konkurs anmelden musste, kann ich auch nichts. Wenn wir nicht so verschwenderisch leben würden, wäre das alles auch kein Problem, aber du wolltest ja unbedingt diese teure Wohnung mieten.«

»Das ist jetzt aber mehr als unfair«, empörte sich Liane und schaute Markus dabei mit bitterbösem Blick an.

Sie sieht wunderschön aus mit ihren langen, blonden Haaren, dem schmalen ebenmäßigen Gesicht und den strahlend blauen Augen, die nun vor Zorn blitzen, dachte Markus, ließ sich aber nicht davon ablenken.

»Ich hätte das und den ganzen Luxus, der für dich so wichtig ist, nicht gebraucht«, fuhr er fort.

Als Liane bemerkte, dass sich ihr Mann dieses Mal nicht so einfach um den Finger wickeln ließ, versuchte sie einzulenken.

»Na ja, du wirst ja als Industriekaufmann wohl irgendwo schnell etwas Neues finden.«

»Du weißt genauso gut wie ich, dass wir von dem Gehalt, das ich in diesem Beruf verdienen würde, unseren Lebensstandard nicht halten könnten. Ständig musste ich mit irgendwelchen Jobs etwas dazuverdienen.« Markus ließ sich nicht besänftigen.

»Ich werde mir auch wieder einen Teilzeitjob suchen, jetzt wo die Kinder nicht mehr so klein sind«, warf seine Frau ein.

»Na super, weil du als Friseurin auch ein Vermögen nach Hause bringst.«

»Du bist so gemein«, schrie Liane ihn an und rannte unter Tränen ins Schlafzimmer, wo sie die Tür laut zuknallen ließ.

Na, das habe ich ja super hinbekommen, stellte Markus resigniert fest. Normalerweise war er ein lebenslustiger Mensch, der sich nicht allzu viele Sorgen machte. Man konnte ihn durchaus als Lebenskünstler bezeichnen. Aber nun stand ihm das Wasser tatsächlich bis zum Hals. Er liebte seine Frau über alles und war deshalb auch immer bemüht, ihr alle Wünsche zu erfüllen. Und das waren nicht wenige gewesen in den letzten Jahren. Mit dem Geld, das er in seinem Beruf verdiente, wäre er da nicht weit gekommen. Deshalb hatte er so ziemlich alle Jobs angenommen, die ihm angeboten wurden, manchmal auch Aufträge, die sich am Rande der Legalität befanden. Aber nachdem er nun seine Arbeit verloren hatte, sah er einfach kein Land mehr, da sich in letzter Zeit auch einiges an Schulden angesammelt hatte. Und ein legaler Nebenjob konnte ihn da auch nicht weiterbringen. Ich kann schließlich keinen Auftragsmord begehen, lächelte Markus, der schon wieder seinen Humor gefunden hatte, als ihm plötzlich eine geniale Idee in den Kopf schoss.

»Das ist die Lösung«, murmelte er vor sich hin. Aufgeregt erhob er sich von dem modernen, wippenden Stuhl mit Chromgestell und lief aufgeregt in der Wohnung auf und ab. Vollkommen vertieft in seinen Plan, bemerkte er nicht einmal das Schluchzen, das aus dem angrenzenden Zimmer kam.

Schließlich versiegten Lianes Tränen und sie wunderte sich, dass ihr Mann nicht zu ihr kam um einzulenken, wie er es sonst zu tun pflegte. Mit Tränen hatte sie bisher immer ihr Ziel erreicht. Meistens endete es dann mit leidenschaftlichem Sex, aber dieses Mal schien irgendetwas anders zu sein. Plötzlich hörte sie die Haustür ins Schloss fallen. Sie erhob sich und verließ zögernd das Schlafzimmer, um erstaunt festzustellen, dass Markus einfach die Wohnung verlassen hatte, ohne sich zu verabschieden.

Kapitel 1

Pforzheim

»Ich kann Ihnen diese Creme für trockene Haut sehr empfehlen. Vor allem nach einer Chemotherapie bietet sie sich an, weil viel Urea enthalten ist. Ich nehme sie selbst für meine Hände, weil die ziemlich trocken sind, da ich ständig am Händewaschen bin.«

Fasziniert schaute Felix Sommer seine Angestellte Luisa Kessler an, die wie immer alles gab, um die Kundschaft hervorragend zu beraten. Der Apotheker konnte sich an ihr einfach nicht sattsehen. Mit ihren Wangengrübchen und ihrem liebevollen Gesichtsausdruck, der schmeichelnd von ihrem dunklen Fransenhaarschnitt umrahmt wurde, sah sie aber auch allerliebst aus. Schon längst war ihm klargeworden, dass er sich unsterblich in Luisa verliebt hatte. Nur leider schien das nicht auf Gegenseitigkeit zu beruhen. Sie schien immer noch in tiefer Trauer versunken zu sein. Vor einem Jahr war ihr Ehemann Paul in der Nordsee ertrunken. Man hatte ihn zwar nie gefunden, sondern nur das von ihm gemietete Motorboot entdeckt, in dem sich seine Jacke, Schuhe und ein Rucksack mit dem Ausweis befanden. Alles deutete auf Selbstmord hin.

Da sich die Tür öffnete und eine Kundin die Apotheke betrat, musste Felix sich schweren Herzens von dem herzerfrischenden Anblick losreißen und zum freien Platz an der Verkaufstheke eilen.

»Guten Tag, was kann ich für Sie tun«, fragte er freundlich die ältere Dame, die ihm entgegenblickte.

Luisa streifte ihren Chef mit einem kurzen Blick, bevor sie an ihm vorbeiging, um die ruhige Zeit am Vormittag zu nutzen und ihr mitgebrachtes Brot zu essen. Im Aufenthaltsraum angekommen, ließ sie sich auf einen der drei Holzstühle an dem weißen Tisch fallen. Irgendwie war sie heute zerstreut und wollte sich etwas entspannen, bevor gegen Mittag wahrscheinlich wie meistens mehr Kundschaft kommen würde. Luisa hatte vor zwei Jahren diesen Halbtagsjob angenommen, da sie sich dann nachmittags gut um ihre fünf Jahre alte Tochter Annabelle kümmern konnte. Nach dem Tod ihres Mannes beließ sie es dabei, da sie zusammen mit Paul genug Rücklagen erspart hatte, um nicht den ganzen Tag arbeiten zu müssen. Schließlich musste sie nachmittags für ihr Töchterchen da sein. Sie hatte nie bereut, von der großen Apotheke, die sich in der Pforzheimer Stadtmitte befand, in diese kleinere gewechselt zu haben, die nicht weit von ihrer alten Arbeitsstelle entfernt war. Ihr Chef war sehr nett und mit ihrer

Kollegin Melanie, die nachmittags anwesend war und nur samstags zusammen mit ihr arbeitete, verstand sie sich ebenfalls sehr gut. Sie waren im gleichen Alter und hatten sich sogar etwas angefreundet. Luisa fühlte sich rundum wohl. Nur hatte sie in letzter Zeit das Gefühl, dass Felix mehr von ihr erhoffte als ein Arbeitsverhältnis. Aber wahrscheinlich täuschte sie sich. Er war von Anfang an nett zu ihr gewesen. Schon wieder spürte Luisa ein Kribbeln im Bauch, während sie an den gutaussehenden Mann dachte. Vielleicht wollte sie sich das einbilden, stellte sie entsetzt fest und verbot sich sogleich diesen Gedanken. Schließlich hatte sie Paul geliebt und war noch lange nicht über den Verlust hinweg, rief sie sich zur Ordnung und zuckte zusammen, als ihr Chef den kleinen Nebenraum betrat. Er stellte sich hinter sie, legte seine Hand auf ihre Schulter und sagte: »Geht es dir heute nicht so gut?«

Sie waren schon lange zum „Du" übergegangen, auch mit Melanie. Das machte das kollegiale Verhältnis besser, da waren sich die drei einig. Aber nun zuckte Luisa unter seiner Hand erschrocken zusammen, als ob sie sich verbrannt hätte, sprang auf und war froh, dass das Öffnen der Ladentür sich durch ein sanftes Klingeln bemerkbar machte. Sie rannte regelrecht aus dem Raum. Felix schaute ihr enttäuscht und nachdenklich hinterher. Er musste sich wohl damit abfinden, dass seine Angestellte nichts an ihrem freundschaftlichen Verhältnis ändern wollte. Seufzend ging er zurück in den Verkaufsraum, weil inzwischen noch mehr Kundschaft eingetroffen war.

...

Luisa kam pünktlich um 13.30 Uhr beim Kindergarten an, der sich etwas außerhalb am Stadtrand befand, um Annabelle abzuholen. Sie hatte ihre Tochter dort nicht zum Mittagessen und zur Ganztagsbetreuung angemeldet, weil sie die wertvolle Freizeit selbst mit ihr verbringen wollte. Schnell würde die Zeit vorbei und die Kleine erwachsen sein. Diese Jahre wollte Luisa mit ihr in vollen Zügen genießen, das hatte sie sich nach dem Tod ihres Mannes geschworen.

»Hallo Frau Kessler, kann ich Sie kurz sprechen?«, wurde sie aus ihren Gedanken gerissen. Vor ihr stand Rebecca, eine der Erzieherinnen, die ihr Töchterchen betreute.

»Ja, natürlich. Ist etwas passiert?«, fragte Luisa erschrocken.

»Nein, nein, kommen Sie doch bitte kurz mit in mein Büro, da können wir ungestört reden.«

Beklommen folgte Luisa der jungen Frau. Nachdem sich die beiden gegenübersitzend niedergelassen hatten, kam Rebecca ohne Umschweife auf den Punkt: »Mir ist aufgefallen, dass Annabelle zurzeit sehr still ist, fast, als ob sie etwas bedrücken würde. Vielleicht kommen bei ihr die psychischen Folgen nach dem Tod ihres Vaters etwas später ans Tageslicht. Ich wollte Sie nur bitten, sich Gedanken zu machen, ob Ihre Tochter nicht doch vielleicht die Hilfe eines Psychologen in Anspruch nehmen sollte?«

Verblüfft schaute Luisa ihr Gegenüber an. Mit so etwas hatte sie jetzt überhaupt nicht gerechnet. Annabelle war ihrer Meinung nach wie immer, im Gegenteil, sie fand die Kleine sogar eher wieder fröhlicher. Im ersten Moment kam Ärger in ihr auf. Was bildete diese junge, doch noch sehr unerfahrene Frau, sich eigentlich ein. Schließlich kannte sie ihre Tochter am besten. Aber dann kam doch die Vernunft in ihr auf, denn schließlich waren die Betreuerinnen hier in dieser Kindertagesstätte nicht ihre Feinde und wollten nur das Beste für die Kinder. Deshalb erwiderte sie zögernd: »Ich selbst habe zwar nichts dergleichen bemerkt, aber ich werde darüber nachdenken. Entschuldigen Sie mich nun bitte, ich habe noch einen Termin und muss jetzt gehen.«

»Natürlich.« Rebecca erhob sich, verließ nach Luisa das Büro und folgte ihr in das Spielzimmer, in dem sich die Kinder befanden, die um diese Zeit den Hort verlassen durften. Als Annabelle ihre Mutter erspähte, eilte sie freudestrahlend auf Luisa zu und warf sich ihr an den Hals. Dabei geriet der Turm aus Bauklötzen, den sie errichtet hatte, gefährlich ins Wanken. Wieder dachte Luisa, die Kleine ist doch absolut fröhlich, ich kann das einfach nicht glauben. Warum muss denn immer jemand Probleme sehen, wo keine sind, verdrängte aber die Gedanken wieder und drückte ihre Tochter freudig an sich.

»Jetzt gehen wir erst mal nach Hause, damit du schnell was zu essen bekommst«, schlug Luisa vor.

»Au ja, gibt es Spaghetti mit Tomatensoße?« fragte Annabelle erwartungsvoll.

»Schon wieder? Das gab es doch erst vorgestern. Ich weiß nicht so recht.«

»Ach bitte, bitte«, bettelte sie weiter.

»Mal schauen«, versprach ihre Mutter beim Verlassen des Gebäudes.

Nachdem Mutter und Tochter gemeinsam die Spaghetti mit Sahnesoße verzehrt hatten, saß Luisa nachdenklich vor ihrer Tasse Kaffee an dem runden, massiven Holztisch aus Kiefernholz, der gerade in die Ecke der nicht allzu großen Küche passte. Sie liebte diesen gemütlich eingerichteten Platz und der Nachmittagskaffee durfte, wenn möglich, nicht ausfallen. Annabelle hatte sich nach kurzem Aufbegehren, da sich keine passierten Tomaten im Haus befanden, auf den Deal einer Sahnesauce eingelassen.

Bevor sich Luisa mit ihrem Kaffee niedergelassen hatte, hatte sie mit einem Blick ins Kinderzimmer festgestellt, dass ihr Töchterchen sich ihrer Lieblingsbeschäftigung, dem Basteln widmete. Mit dem Kopf über den kleinen Spieltisch gebeugt, sah man vor lauter dunklen Locken nicht allzu viel von ihrem Gesicht. Das war die beste Voraussetzung, um in Ruhe den Kaffee zu genießen. Aber so richtig entspannen konnte sich Luisa heute nicht, zu viel ging ihr im Kopf herum. Was empfand sie für ihren Chef? Trauerte sie überhaupt noch so sehr um Paul, dass sie sich nicht auf eine neue Beziehung einlassen konnte? Oder war das nur ein Vorwand, weil sie Angst vor Veränderungen hatte? Schließlich war sie ja nicht nur für sich allein verantwortlich. Aber durfte sie nicht auch ein bisschen glücklich sein? Kaum schob sie einen Gedanken weg, war sofort der nächste da. Schließlich dachte sie an den Tag zurück, als die Polizei bei ihr vor der Haustür stand und ihr mitteilte, dass der dringende Verdacht bestünde, dass ihr Mann in der Nordsee ertrunken sei und dass alles auf Selbstmord hindeuten würde. Bei dem Gedanken schnürte es ihr erneut die Kehle zu. Paul hatte ihr nicht einmal gesagt, dass er vorhatte dorthin zu fahren. Plötzlich war er verschwunden gewesen. Bei einem kurzen Anruf von unterwegs hatte er ihr mitgeteilt, dass sie sich keine Sorgen machen solle, er bräuchte nur eine kurze Auszeit. Das allein war schon mehr als verwunderlich, denn so etwas war in ihrem gemeinsamen Leben noch nie vorgekommen. Sie hatten sich doch immer alles sagen können, alle Sorgen gemeinsam besprochen und alle Probleme zusammen gelöst. Das Schlimmste aber war, dass sie überhaupt nicht bemerkt hatte, dass es ihm schlecht ging. Auch im Nachhinein konnte sie für eine Depression keine Anzeichen finden. Das machte Luisa am meisten zu schaffen. Seufzend erhob sie sich, ging ins angrenzende Wohnzimmer und ließ sich auf ihrem neuen Liegesessel aus robustem, grauen Stoff nieder, den sie sich vor Kurzem gegönnt hatte. Zuvor angelte sie noch nach dem Telefon, das auf dem Couchtisch aus Glas lag und wählte seufzend die Nummer ihrer Mutter. Diese würde sonst spätestens heute Abend anrufen, weil sich Luisa drei Tage nicht bei ihr gemeldet hatte. Und da wäre sie dann sicher in das Fernsehprogramm vertieft und müsste sich anhören, nicht sehr gesprächig zu sein.

»Bambach«, meldete sich ihre Mutter.

Luisa konnte sich deren verblüfften Gesichtsausdruck ganz genau vorstellen. Wie sie mit ihrem akkurat gepflegten, blonden Kurzhaarschnitt in der Diele stand und sich wunderte, dass ihre Tochter sie um diese Zeit anrief. Nein, dass diese überhaupt anrief, denn meistens musste Brigitte Bambach sich bei Luisa melden, weil sie sonst mindestens eine Woche darauf warten musste. Brigitte wohnte in Remchingen und war eine selbstbewusste 68-jährige Frau, die kerngesund war und eine Ruhe ausstrahlte, um die sie auch ihre Freundinnen sehr beneideten.

»Hallo Mama«, meldete sich nun Luisa.

»Luisa, Kind, was für eine Überraschung. Ist was passiert?«

»Wieso muss denn was passiert sein, wenn ich anrufe«, antwortete ihre Tochter etwas ungehalten.

»Na ja, um diese Zeit, mitten unter der Woche rufst du sonst nie an, aber ich freue mich natürlich. Wie geht es dir? Und meinem kleinen Schatz?«

»Uns geht es gut.«

»So hörst du dich aber nicht an.«

»Dir kann man aber auch gar nichts vormachen«, seufzte Luisa.

»Ich bin ja auch deine Mutter. Also, was liegt dir auf dem Herzen?«

»Das Übliche. Ich grübele mal wieder, warum ich nicht bemerkt habe, dass es Paul nicht gutging.«

»Jetzt hör doch endlich mal auf, dich ständig verrückt zu machen. Du hast keine Schuld an seinem Tod.«

»Das weiß ich doch, aber trotzdem….«

»Du musst mal wieder unter Leute kommen. Geh doch mal wieder aus. Meine Enkelin kann doch mal wieder bei mir schlafen«, unterbrach Brigitte ihre Tochter. »Immerhin ist Paul jetzt schon ein Jahr lang tot.«

»Ja, ja, für dich ist das alles immer so einfach, du hast ihn auch noch nie leiden können.«

»Jetzt werd mal nicht ungerecht. Nicht leiden können ist übertrieben. Mir gefiel es nicht, dass er immer so verschlossen war, aber deshalb war er ja kein schlechter Mensch. Vielleicht hatte er schon immer Depressionen.«

»So ein Quatsch«, empörte sich Luisa.

»Wie auch immer, auf jeden Fall war es dein Mann und ich verstehe, dass er dir fehlt. Trotzdem meine ich, dass du so langsam auch mal wieder etwas Freude am Leben haben solltest.«

»Du hast ja Recht«, lenkte ihre Tochter ein. »Vielleicht unternehme ich demnächst mal was mit Sabine.«

Sabine Büttner war Luisas beste und eigentlich auch einzige Freundin.

»Tu das«, erwiderte Brigitte erfreut. »Und jetzt hol mir mal meinen Goldschatz ans Telefon.«

»Mach ich«, ging Luisa sofort darauf ein, war sie doch froh, dass ihre Mutter nicht wieder davon anfing, dass sie nach einem Mann Ausschau halten solle.

»Anna«, rief sie ihr Töchterchen. »Die Oma ist am Telefon.« Das brauchte sie nicht zweimal sagen, denn Annabelle liebte Brigitte über alles.

Kapitel 2

Berlin

Im Besprechungsraum des Berliner Polizeipräsidiums herrschte eine spannungsgeladene Stimmung.

Wenn ein Mensch auf bestialische Weise ermordet wurde, wie im Fall von Saskia Breuer, herrschte bei den Kommissaren immer eine gewisse Aufregung, wenn sie auch im Allgemeinen einiges gewöhnt waren. Aber diese junge Frau war so verstümmelt worden, dass man kaum noch etwas von ihr erkennen konnte. Lediglich anhand ihres Zahnstatus konnte bestimmt werden, um wen es sich handelte.

Hauptkommissar und Inspektionsleiter Andreas Gerloff drehte sich zu seinem Team um, nachdem er ein Bild der Toten an der Magnetwand befestigt hatte. Um einen langen weißen Tisch hatten sich Hauptkommissarin Maren Westphal, Oberkommissar Sven Reichenbacher und ein neu zusammengesetztes 20 Mann Team der „Soko Saskia" versammelt. Dieser Mordfall ging allen Beteiligten an die Nieren.

»Was wissen wir bis jetzt«, fragte Gerloff obligatorisch, fuhr aber fort, ohne eine Antwort seiner Leute abzuwarten. »Saskia Breuer, die 26 Jahre alte Medizinstudentin, wurde im Grunewald tot aufgefunden. Sie wurde ermordet und im Moment deutet alles darauf hin, dass es sich um einen Serienmörder handeln könnte, denn vor drei Jahren gab es einen fast identischen Mordfall, ebenfalls eine junge Studentin, die genauso zugerichtet worden war, wie unser jetziges Opfer. Beiden wurden Schnitte und Verletzungen am ganzen Körper zugefügt und das Gesicht bis zur Unkenntlichkeit verunstaltet. Was wir inzwischen wissen, ist, dass beide Frauen vergewaltigt wurden, allerdings erst nach Todeseintritt.«

»Das könnte ja darauf hindeuten, dass der Täter, als die Frauen noch am Leben waren, nicht den Mumm dazu gehabt hatte«, warf nun Maren Westphal ein. Bewundernd schaute Oberkommissar Reichenbacher seine Kollegin an. Sven war erst vor Kurzem zu dem Team gestoßen und himmelte die kesse Kommissarin mit dem blonden Kurzhaarschnitt seit dem ersten Tag an. Das wiederum gefiel dem Chef überhaupt nicht, denn er hasste Techtelmechtel in seiner Abteilung, da er der Meinung war, dass die Arbeit darunter leiden würde. Nun wandte er sich an seine Mitarbeiterin, nicht ohne zuvor einen missbilligenden Blick auf Sven Reichenbacher zu werfen. »Das könnte ich mir gut vorstellen. Ich habe für diesen Fall noch einen Profiler angefordert, der morgen anreisen wird. Sind sonst noch irgendwelche Fragen?«, schaute Andreas Gerloff in die Runde.

»Nein, dann werdet ihr beide, Maren und Sven, zunächst die Eltern der Toten befragen. Bis jetzt waren sie nicht vernehmungsfähig. Die Mutter hatte verständlicherweise einen totalen Zusammenbruch und ist in ärztlicher Behandlung. Anschließend geht ihr dann noch in die Uni und schaut, was ihr dort noch erfahren könnt.«

Im Anschluss verteilte der Chef noch Aufgaben an die anderen Beamten der Soko und erhob sich mit den Worten: »In fünfzehn Minuten findet eine Pressekonferenz statt. Das lässt sich natürlich in diesem Fall nicht vermeiden.« Nach kurzer Überlegung sagte er an die Hauptkommissarin und den Oberkommissar gewandt: »Und ihr begleitet mich und startet mit euren Ermittlungen erst nach der Konferenz. Ich werde eure Unterstützung brauchen können.« Eiligst verließ er den Raum, wobei er sich mit dem Handrücken den Schweiß von der Stirn wischte. Andreas empfand es an diesem Tag als extrem warm, obwohl die Temperaturen im März noch nicht sehr sommerlich waren und auch die Heizung eher auf Sparflamme arbeitete, aber das war wahrscheinlich dem immensen Druck zu verdanken, den dieser Fall mit sich brachte.

Kapitel 3

Gestresst schaute sich Liane im Wohnzimmer und im angrenzenden Essbereich um. Es war noch nicht aufgeräumt. Überall lagen Spielsachen herum und der Tisch war auch noch nicht gedeckt. Da sie aber vollauf in der Küche beschäftigt war und es gerade noch schaffen würde die Lasagne in den Ofen zu schieben, bevor die Gäste kommen würden, rief sie ihrem Mann zu: »Markus, jetzt komm doch bitte und hilf mir beim Vorbereiten. Ich kann doch nicht alles alleine machen und aufräumen muss man auch noch.«

Ihr Mann kam angestürmt, umarmte Liane von hinten, so dass sie sich nicht mehr rühren konnte und meinte beruhigend: »Schatz, jetzt entspann dich doch mal. Schließlich kommt nicht der Papst zum Abendessen. Warum bist du denn nur so angespannt?«

»Lass mich los, du behinderst mich bei der Arbeit. Ja, du hast Recht, ich bin schlecht drauf, weil ich heute Abend diesen Depp von Matthias ertragen muss und außerdem……«

»Jetzt mach aber mal nen Punkt. Schließlich ist dieser Depp, wie du ihn nennst, der Mann deiner besten Freundin und du hast angefangen den Kontakt zu knüpfen, als wir frisch hierhergezogen waren.«

Matthias und Marlene Lichtenstein wohnten in der gleichen Straße in Berlin und die beiden Frauen waren sich sofort sympathisch gewesen, als sie sich in der verkehrsberuhigten Straße in Friedenau das erste Mal getroffen hatten. Da sie mit ihren 38 Jahren im gleichen Alter waren, hatte Marlene die Neuhinzugezogene gleich in ein Gespräch verwickelt und zum Kaffee in ihre Wohnung eingeladen, die sich in einem Mehrfamilienhaus zwei Häuser entfernt von ihnen befand. Schnell stellten die beiden fest, dass sie viele Gemeinsamkeiten hatten und auch ihre Männer schienen auf gleicher Wellenlänge zu sein, wie sie bei einem weiteren Treffen zu viert bemerkten. Doch dann entpuppte sich Marlenes Mann schnell als Kotzbrocken, der meinte, dass er der schönste, attraktivste und intelligenteste Mann auf dieser Erde sei. Dazu kam, dass er immer einen schmutzigen Witz oder eine anzügliche Bemerkung auf Lager hatte. Liane konnte einfach nicht verstehen, wie ihre sanfte Freundin mit diesem Mann, der noch nicht einmal gut aussah, zurechtkommen konnte.

»Da wusste ich auch nicht, was für ein Ungeheuer von Mann dahintersteckt«, fuhr Liane fort. Bei diesen Worten musste sie allerdings selbst lachen. »Nun hilf mir einfach. Dann werde ich heute

Abend mein Bestes geben, schon allein Marlene zuliebe.«

Die nächste halbe Stunde verlief harmonisch. Lars und Emma, die beiden Kinder, räumten nach Aufforderung ihre Spielsachen selbst aus dem Wohnzimmer. Dabei drückte Markus alle Augen zu, als er sah, dass sie die Sachen einfach mitten in ihr Zimmer warfen. Das gibt dann eben morgen Ärger, dachte er sich und deckte in Windeseile den Tisch. Seine Frau würde sowieso in letzter Minute noch etwas daran verändern und wenn sie auch nur die Servietten anders hinlegen würde. Deshalb bräuchte er sich da nicht allzu viel Mühe geben, lächelte er vor sich hin.

Liane schaffte es gerade noch, den Salat zu waschen, als es auch schon klingelte. Sie holte tief Luft und eilte zusammen mit ihrem Mann in die Diele. Dabei setzte sie ihr gewohntes Lächeln auf, bevor Markus die Tür öffnete.

Zunächst stürmte Matze, wie Matthias gerne genannt wurde, herein und Marlene folgte kurz danach. Natürlich, wie kann es auch anders sein, dachte Liane und streckte ihm die Hand entgegen. »Nichts da, so leicht kommst du mir nicht davon«, lachte Matthias dröhnend, zog sie an sich und drückte ihr einen schmatzenden Kuss auf die Wange. Angeekelt wandte sie sich ihrer Freundin zu und wischte sich gleichzeitig über die Backe, da die Begrüßung ihres Gastes etwas feucht gewesen war. Umso inniger umarmte sie Marlene.

»Kann ich dir was helfen«, fragte diese sogleich.

»Gerne, du kannst zusammen mit mir das Essen ins Esszimmer tragen. Ich muss nur noch schnell den Salat anmachen.«

»Na klar, das kann aber auch ich machen.«

Plaudernd verschwanden die beiden in der Küche und Liane hörte gerade noch, wie Matthias sagte: »Dann wollen wir die beiden mal nicht bei der Arbeit stören. Hast du vielleicht ein Bier?«

Kopfschüttelnd dachte Liane, das fängt ja gut an.

Kurze Zeit später saßen sie mit den Kindern, die sich heute ausnahmsweise sehr gut benahmen, am Tisch und verspeisten die Lasagne, die knusprig aussah mit dem überbackenen Käse, und den Salat, der nach frischen Kräutern duftete.

Liane fing gerade an sich zu entspannen, als Matthias anfing, einen Witz zu erzählen. Nach den ersten Worten „Eine Frau geht zum…." unterbrach sie ihn scharf.

»Könntest du vielleicht warten, bis die Kinder im Bett sind?«

Einen Moment lang sah er sie ärgerlich an, besann sich dann aber und entgegnete: »Na klar, der Abend fängt ja auch gerade erst an.«

»Na super.« Liane verdrehte die Augen und Marlene lachte leise und schlug ihrer Freundin vor, zusammen das Geschirr in die Spülmaschine zu räumen. Markus ignorierte das Ganze und die Kinder rannten ins Kinderzimmer. Die Männer unterhielten sich über alles Mögliche und die Situation entspannte sich wieder.

In der Küche angekommen flüsterte Marlene: »Sei ihm nicht böse. Er denkt sich einfach nichts dabei. Schließlich haben wir keine Kinder.« Dabei nahm ihr Gesicht einen sehnsüchtigen Ausdruck an.

»Ist ja schon gut«, entgegnete Liane und dachte, wie hält sie es nur mit ihm aus?

Nachdem die Freundinnen mit dem Geschirr fertig waren, setzten sie sich wieder zu ihren Männern. Die Unterhaltung wollte gerade in Gang kommen, als die kleine Emma heulend angerannt kam.

»Der Lars ärgert mich die ganze Zeit«, stieß sie schluchzend hervor und sah dabei sehr süß aus mit ihren blonden Löckchen und ihrer zierlichen Gestalt.

»Seht ihr, das ist der Grund, dass ich keine Kinder haben möchte«, warf Matthias nun ein. Dafür erntete er einen traurigen Blick von seiner Frau und einen bitterbösen von Liane. Letztere erhob sich mit den Worten: »Zeit fürs Bett, für dich und für Lars.« Sie schnappte sich die Kleine und nahm das zappelnde Etwas auf den Arm. Zeitgleich ertönte die Stimme ihres Sohnes: »Waaarum denn, morgen ist doch Samstag und ich muss nicht in die Schule.«

Genervt sah Liane ihren Mann an und forderte ihn auf: »Jetzt hilf mir doch bitte mal und mach deinem Sohn klar, dass jetzt auch für ihn Schlafenszeit ist. Ich kümmere mich solange um deine Tochter.«

»Entschuldigt uns für ein paar Minuten.« Markus stand ebenfalls auf, nickte den Freunden kurz zu und eilte zusammen mit seiner Frau und Emma ins angrenzende Zimmer.

»Heute nervt der Fettsack aber extrem«, zischte Liane ihm zu.

»Jetzt übertreib mal nicht, so dick ist er nun auch wieder nicht«, entgegnete er leise.

»Aber so richtig aufgeschwemmt, wahrscheinlich trinkt er zu viel Alkohol. Und dann die fettigen, zu langen und ungepflegten Haare«, fügte sie noch hinzu.

»So schlimm ist es aber wirklich nicht«, meinte Markus, bevor er sich seinem Sohn zuwandte.

Es dauerte keine zehn Minuten, da waren die Kinder im Bett und es herrschte Ruhe in dem Raum, den die beiden sich teilten. Markus war schon wieder zu den Gästen zurückgegangen und Liane atmete tief durch und nahm sich fest vor, den restlichen Abend gutgelaunt, zumindest äußerlich, mit den Freunden zu verbringen, bevor sie ebenfalls wieder an den Esstisch trat.

»Lasst uns doch rübergehen und auf die Couch sitzen. Da ist es gemütlicher«, stellte sie zuckersüß fest. Marlene stimmte zu und ihr Mann hatte auch keine Einwände. Im Gegenteil, er ließ sich freudig auf die weichen Kissen fallen, die das dunkelgraue Sofa verschönerten.

Im Großen und Ganzen verlief der Abend ab diesem Zeitpunkt ganz harmonisch. Die vier plauderten über dies und das, als Matthias plötzlich sagte: »Übrigens, habt ihr das von der jungen Frau gehört, die hier in der Nähe tot aufgefunden wurde?«

»Hab ich gehört«, antwortete Markus gelangweilt.

»Echt, ich nicht«, erwiderte Liane.

»Du liest halt auch keine Zeitung«, entgegnete Matthias und erntete dafür wieder einen bösen Blick.

»Was ist denn passiert?«, wandte sie sich nun an ihre Freundin, die heute wieder, wie meistens sehr still war. Fragend schaute sie Marlene an und bemerkte dabei, dass diese heute etwas blass aussah. Weil sie ihre dunkelblonden Haare zu einem Pferdeschwanz zusammengebunden hatte und wie immer ungeschminkt war, fiel dies noch mehr auf. Außerdem verzichtete sie auf jeglichen Schmuck, strahlte aber trotzdem eine gewisse Eleganz und Schönheit aus.

»Eine Frau wurde brutal ermordet im Grunewald gefunden. Sie muss schlimm zugerichtet worden sein«, klärte sie Liane auf.

»Ach du liebe Zeit, das ist ja schrecklich«, schlug sich diese die Hand vor den Mund.

»Das war bestimmt nur eine Prostituierte«, mischte sich Matthias wieder ein.

»Was heißt da nur«, riefen alle drei Anwesenden empört aus.

»Na ja, die müssen halt immer mit sowas rechnen. Ich kann mir das gut vorstellen. Wenn diese Schlampen blöd werden…..«

Entsetzt sahen die beiden Frauen ihn an. Das war sogar für Marlene zu viel, obwohl sie einiges gewöhnt war.

»Geht's noch«, fragte nun auch Markus und tippte sich an die Stirn. »Du sprichst von Frauen, nicht von Monstern.«

»Für mich sind das keine Frauen«, bekräftigte er noch mal seine Aussage.

Unangenehmes Schweigen folgte daraufhin. Der Abend endete dann auch ziemlich abrupt.

Nachdem das befreundete Ehepaar gegangen war, saßen Markus und seine Frau noch eine Weile beisammen auf dem Sofa. Liane hatte sich

33

an ihren Mann gekuschelt und meinte: »Würde mich nicht wundern, wenn Matthias die Frau umgebracht hätte.«

»Jetzt fang bloß nicht an zu spinnen«, entgegnete er empört und erhob sich kopfschüttelnd, um sich im Bad fürs Zubettgehen zu richten. Liane blieb noch eine Weile nachdenklich sitzen, schalt sich dann aber selbst für ihre komischen Gedanken.

Kapitel 4

Pforzheim

Heute war Luisa froh, dass sie gleich Feierabend haben würde. Sie konnte sich einfach nicht konzentrieren. Da sie immer gleichbleibend nett zur Kundschaft war, ganz egal, wie es in ihr aussah, kostete sie das manchmal viel Kraft. Das war auch einer der Gründe, dass Felix sie so sehr bewunderte, denn es gab seiner Meinung nach nicht allzu viele Frauen, die ihre Gefühle so gut im Griff hatten. Nachdem er die Ladentür zugeschlossen hatte, trat er nahe an seine Angestellte heran, hob seine Hand und legte sie ganz sanft auf ihre Wange. »Geht es dir heute nicht so gut? Du siehst blass aus«, wollte er wissen.

»Doch, doch«, antwortet Luisa ein bisschen zu schnell und trat einen Schritt zurück, so dass die Hand ihres Chefs sie nicht mehr berühren konnte. Sie holte tief Luft, nahm ihren ganzen Mut zusammen und sagte: »Du, Felix, bitte verstehe mich nicht falsch. Ich schätze deine Freundschaft, aber.....«

»Ich weiß schon, was du sagen möchtest«, unterbrach er sie, »du bist noch nicht so weit und du trauerst um deinen Mann. Ist es das? Oder hast du überhaupt keine Gefühle für mich?«

Nachdenklich starrte Luisa vor sich hin und entgegnete schließlich: »Ich weiß es nicht, aber Paul ist noch nicht so lange tot und er fehlt mir.«

»Okay, mit dieser Aussage kann ich leben«, lächelte er sie an. »Ich kann warten.«

Luisa räusperte sich, drehte sich um und wünschte, während sie in Richtung Hintertür ging, ihrem Chef einen schönen Abend. »Tschüss, bis morgen.«

»Ciao«, seufzte dieser resigniert.

Nachdem Luisa noch ein paar Lebensmittel eingekauft hatte, da ihr Kühlschrank absolut leer war, eilte sie nach Hause. Ihr Entschluss stand fest, sie würde heute Abend nun doch ihre Freundin Sabine besuchen. Das Treffen war fest ausgemacht, deshalb hatte ihre Mutter auch Annabelle vom Kindergarten abgeholt. Ihr Töchterchen würde nämlich bei der Oma schlafen. Aber Luisa war fast soweit gewesen, alles abzusagen. Sie hatte heute den Dienst für ihre Kollegin übernommen, da diese einen Arzttermin gehabt hatte. Deshalb war sie den ganzen Tag in der Apotheke gewesen und nun ziemlich müde. Auf der anderen Seite wollte sie sich gerne mal so richtig aussprechen. Inzwischen war es schon 19 Uhr und beinahe komplett dunkel, als sie in ihrer Straße ankam. Zu ihrem Arbeitsplatz ging Luisa meistens zu Fuß, da es in der

Innenstadt nur wenige kostenlose Parkmöglichkeiten gab. Und wenn, dann war es so weit entfernt, dass sie auch gleich von Zuhause aus laufen konnte. Wenn man in der Schwarzwaldstraße unten angekommen war, dauerte es nur noch zehn Minuten bis zur Apotheke. Und nach Feierabend liebte sie den kurzen Spaziergang und hatte dann auch Zeit, da es bergauf etwas länger dauerte. Zu ihrer Freundin, die im Rodgebiet wohnte, würde sie mit dem Auto fahren. Das war zwar nicht weit, aber in letzter Zeit fühlte sie sich des Öfteren beobachtet und war deshalb auch im Dunkeln etwas ängstlich geworden. Schon wieder glaubte sie Schritte gehört zu haben und fuhr herum. War da nicht ein Schatten gewesen. Nein, da war nichts, beruhigte sich Luisa. Wahrscheinlich litt sie schon unter Verfolgungswahn.

Nachdem sie ihre Einkaufssachen in der Küche verstaut hatte, verließ sie das Mehrfamilienhaus, schaute kurz nach links und nach rechts, atmete erleichtert auf, als niemand zu sehen war und ließ sich seufzend auf ihren Autositz fallen. Außer ihr lebte noch eine dreiköpfige Familie über ihr und eine alleinstehende ältere Frau im Erdgeschoss. Nun war Luisa sehr froh, nicht ganz unten zu wohnen, wie sie sich das am Anfang, als sie vor fünf Jahren hier eingezogen waren, gewünscht hätte.

Und vor allem war es beruhigend, nicht allein in einem Einfamilienhaus zu wohnen.

Sie fuhr die kurze Strecke zu Sabine, die in der Straße „Am Nagoldhang" wohnte, und entspannte sich ein bisschen.

Dort angekommen waren die Müdigkeit und die Anspannung schnell vergessen. Sabine war ein fröhlicher Wirbelwind und in ihrer Gesellschaft konnte man einfach keine schlechte Laune haben. Die blonde Frau mit ihrer langen Lockenmähne zog nun die Freundin in ihr Haus, ließ ihr keine Gelegenheit etwas zu sagen und plapperte gleich drauflos: »Hi, Schätzchen. Wie geht es dir? Du siehst müde aus. Dann lass uns doch gleich mal einen Prosecco trinken und dann erzählst du „Tante Sabine" mal, was dein Herz bedrückt.«

Luisa musste bei der Begrüßung lachen. Die beiden kannten sich von der Schulzeit und hatten zusammen das Abitur gemacht. Allerdings gab es da mal eine Zeit, in der Luisa den Kontakt zu Sabine mied, nämlich als diese ihr anvertraut hatte, dass sie auf Frauen stehe. Ab diesem Zeitpunkt hinterfragte sie jede Bemerkung und jede Berührung der Freundin und zog sich ein Jahr lang zurück, bis sich die beiden wieder zufällig in der Stadt getroffen hatten und Luisa feststellte, dass Sabine ihr gegenüber nur freundschaftliche Gefühle hegte. In den letzten Jahren war sie sehr froh über diese

Freundschaft gewesen und konnte sich ein Leben ohne ihre beste Freundin überhaupt nicht mehr vorstellen.

Nachdem es sich die beiden mit jeweils einem Sektglas in der Hand auf der schwarzen Ledercouch bequem gemacht hatten, fragte Luisa neugierig: »Und, was macht deine neue Eroberung?«

»Puh, hör bloß auf. Das hat sich als großer Reinfall entpuppt. Alexandra ist nicht wirklich lesbisch. Sie wollte einfach mal was Neues ausprobieren. Das hat mich schon getroffen, aber ich bin jetzt drüber hinweg. Im Moment habe ich gerade die Nase voll und bleib mal eine Weile alleine. Ich hoffe immer noch, dass mir irgendwann mal meine Traumfrau über den Weg laufen wird«, antwortete Sabine nachdenklich.

»Der Fall wird schon noch eintreffen«, tröstete Luisa sie.

»Ja, ich hoffe nur, bevor ich achtzig bin.« Sie verzog ihr Gesicht bei dieser Aussage zu einer derart lustigen Grimasse, dass die Freundin schallend lachen musste und Sabine stimmte mit ein. Genauso fröhlich ging es dann noch eine Weile weiter, bis die unbequeme Frage in der Luft hing: »Und du Luisa, wie sieht es bei dir aus?«

»Was meinst du?«, stellte diese sich dumm.

»Du weißt genau, was ich meine. Was macht die Liebe? Und lenk bitte nicht wieder ab.«

»Ach….«, eigentlich wollte Luisa wie immer nicht darauf eingehen, aber einer Eingebung folgend sagte sie: »Ich weiß auch nicht…«

Überrascht schaute die Freundin sie an. »Gib es da jemanden?«

»Hm, es ist so, ich habe das Gefühl, dass Felix, also mein Chef, was von mir will.«

»Echt, und du? Empfindest du auch etwas für ihn?«

»Das ist es ja gerade, ich denke schon, aber ich möchte das eigentlich nicht. Ich bin noch nicht über Pauls Tod hinweg.«

»Du musst ihn ja auch nicht gleich heiraten. Aber dein Mann wird nun mal nicht wieder lebendig und er würde es sicherlich nicht wollen, dass du für immer allein bleibst.« Aufmunternd schaute Sabine die Freundin an. »Und außerdem ist es für Annabelle auch besser, wenn sie eine fröhliche Mutter hat.«

»Du hast vielleicht Recht. Ich wurde auch schon im Kindergarten darauf angesprochen, dass meine Tochter so verschlossen sei….«

»Aber das ist doch Quatsch«, wurde sie unterbrochen. »So habe ich das auch nicht gemeint. In erster Linie denke ich da an dich. Du brauchst jemanden an deiner Seite. Und so wie ich diesen Felix kennengelernt habe, als ich in der Apotheke war, macht er einen sehr netten Eindruck auf mich.«

»Du klingst schon wie meine Mutter«, entgegnete Luisa kopfschüttelnd. »Aber vielleicht hast du Recht. Wahrscheinlich mache ich mir viel zu viele Gedanken.«

»Genau, lass doch einfach mal alles auf dich zukommen.«

»Das werde ich wohl machen. Morgen früh, noch bevor Felix die Tür öffnet, werde ich ihm zu verstehen geben, dass ich für mehr als nur Freundschaft bereit bin.«

»So gefällst du mir schon viel besser. Darauf müssen wir anstoßen.«

Die beiden brachen erneut in lautes Gelächter aus. Sie hatten inzwischen schon die Flasche Prosecco geleert und Luisa vertrug nicht allzu viel Alkohol. Deshalb sagte sie auch eine halbe Stunde später: »Ich muss jetzt mal langsam nach Hause. Schließlich fange ich morgen früh an zu arbeiten«, machte aber keine Anstalten aufzustehen. Da ihr Gesicht einen bekümmerten Ausdruck angenommen hatte, fragte Sabine: »Was ist los? Geht es dir nicht gut?«

»Doch, schon, aber das habe ich dir ja noch gar nicht erzählt. Ich fühle mich zur Zeit immer beobachtet. Heute meinte ich einen Schatten in Nachbars Garten gesehen zu haben, als ich nach Hause kam.«

Besorgt sah die Freundin sie an, aber nicht weil sie an einen Verfolger glaubte, sondern weil sie sich ernsthaft Gedanken um Luisas Gemütszustand machte. Sie verschluckte die Worte, die ihr auf der Zunge lagen und meinte: »Weißt du was, ich bringe dich nach Hause, also zu Fuß, denn fahren kann ich auch nicht mehr.«

»Blödsinn, wahrscheinlich sehe ich nur Gespenster, aber du kannst mir vielleicht ein Taxi rufen.«

»Klar, das mache ich.«

Als der Fahrer an der Tür klingelte, verabschiedeten die Freundinnen sich mit einer innigen Umarmung und mit Sabines Worten: »Das war so ein schöner Abend, das müssen wir bald wiederholen.«

»Unbedingt«, murmelte Luisa und verließ leicht schwankend das Haus.

Sie sah, als sie aus dem Auto stieg, niemanden in der Straße und atmete erleichtert auf. Oben angekommen ließ sie gleich alle Rollläden herunter. Bevor ihr im Wohnzimmer, in dem sich das Fenster in Richtung Straße befand, die Sicht genommen wurde, erstarrte sie. Da stand doch schon wieder ein Mann. Dieses Mal hatte sie es ganz deutlich gesehen. Er hatte eine Kapuze über den

Kopf gezogen. Als sie den ratternden Rollo, der reparaturbedürftig war, wieder nach oben gezogen hatte, war da aber nichts mehr. Vorbei war die entspannte Stimmung von vorher. Wurde sie langsam verrückt? Zögernd zog Luisa ihre Kleidung aus und streifte ihr weiches Lieblingsnachthemd über, das gerade mal ihren Po bedeckte, und ging ins Bad.

Als sie kurze Zeit später im Bett lag, war ihr klar, dass sie in dieser Nacht kein Auge zutun würde.

...

Am nächsten Morgen wurde Luisa durch Licht-
strahlen geweckt, die durch die Ritzen des nicht
ganz geschlossenen Rollladens drangen. Ich muss
doch noch eingeschlafen sein, war ihr erster Gedanke, bevor sich das Hämmern in ihrem Kopf bemerkbar machte. Sie war einfach keinen Alkohol
gewöhnt. Aber lustig war es trotzdem gewesen.
Sie streckte sich vorsichtig, als ihr bewusst wurde,
dass es draußen noch nicht hell war, wenn ihr Wecker normalerweise um 6 Uhr klingelte. Ruckartig
drehte sie voll böser Ahnung den Kopf, um auf die
Uhr zu schauen, als sie der stechende Schmerz
vom Nacken aufwärts zurückfahren ließ. Aber es
hatte schon gereicht, um die Uhrzeit zu sehen. Es
war halb neun. Um diese Uhrzeit öffnete gerade
die Apotheke. »Das darf doch nicht wahr sein«,
fluchte Luisa vor sich hin.
»Gerade heute, wo ich Felix gestehen wollte, dass
ich auch etwas für ihn empfinde.« Vorsichtig erhob sie sich und schwankte in die Küche, um Kaffee aufzusetzen und eine Kopfschmerztablette zu
suchen. Sie würde viel zu spät zur Arbeit kommen,
aber sie musste zuerst eine Kleinigkeit essen.
Ohne wenigstens ein bisschen Nahrung würde ihr
schlecht werden.

Es war halb zehn, als das Taxi, das Luisa gerufen
hatte, vor der Apotheke hielt. Ihr war gerade noch

rechtzeitig eingefallen, dass sich ihr Auto nicht wie gewohnt vor der Tür befand. Zu Fuß hätte sie in ihrem Zustand eine Ewigkeit gebraucht. So ein Mist, eine ganze Stunde Verspätung, meldete sich ihr schlechtes Gewissen. Sie atmete tief durch und schloss die Tür zum Hintereingang auf. Sie hatte einen eigenen Schlüssel, da ihr Chef schließlich auch mal frei hatte oder verhindert sein konnte. Schnell streifte sie ihren Kittel über und betrat den Verkaufsraum. Felix bediente gerade eine Kundin und drehte ihr deshalb den Rücken zu. Am zweiten Verkaufsplatz der Theke wartete ebenfalls ein Kunde. Luisa wollte gerade leise „Guten Morgen" sagen und sich fürs Zuspätkommen entschuldigen, als sie hörte, wie er zu der jungen Frau ihm gegenüber sagte: »Bei Ihrer schönen Haut haben Sie so viele Cremes doch gar nicht nötig. Überhaupt sehen Sie heute sehr hübsch aus, Frau Schmidt.«

Luisa verschlug es die Sprache. Flirtete Felix etwa mit dieser wirklich sehr hübschen, höchstens dreißigjährigen Frau? Das hatte er ja noch nie getan. Eine Welle der Eifersucht überflutete sie. Wie durch einen Nebel sah sie im Weitergehen, dass Frau Schmidt ihm einen schmachtenden Blick zuwarf. Kein Wunder, ihr Chef war auch ziemlich attraktiv mit seinen fünfundvierzig Jahren, den dunklen Haaren, durchzogen von einzelnen grauen Strähnen, die ihn aber nur noch interessanter machten. Nachdenklich wandte sie sich dem Kunden zu, der von einem Fuß auf den anderen trat und es eilig zu haben schien. Er bräuchte ganz dringend etwas gegen seine hämmernden Kopfschmerzen, da er gestern ein bisschen zu viel gefeiert hatte, meinte er. Luisa konnte mit ihm fühlen.

Nachdem sie mit Müh und Not den Vormittag hinter sich gebracht hatte, zog sie ihren Kittel aus und hängte ihn an die Garderobe im Aufenthaltsraum. Der Flirt von Felix am Morgen ging ihr nicht aus dem Kopf und sie war von dem Vorhaben, ihrem Chef Hoffnung auf eine gemeinsame Beziehung zu machen, wieder abgekommen. War vielleicht auch besser so. Vielleicht hat es so sein sollen, dass ich heute verschlafen habe, versuchte sie sich selbst zu trösten.

Strahlend betrat Felix den Raum und meinte: »Du siehst heute blass aus. Geht es dir nicht gut?«

»Na toll, da habe ich heute aber schon ganz andere Komplimente von dir gehört«, konnte sich Luisa nicht verkneifen zu sagen, wenn sie auch ihre Worte am liebsten sofort wieder zurückgenommen hätte. Vor allem, nachdem sie in das grinsende Gesicht ihres Gegenüber schaute. Bevor dieser etwas entgegnen konnte, meinte sie:

»Ach, was soll's. Ich möchte mich auch noch entschuldigen, dass ich heute zu spät gekommen
bin.«

»Kein Problem, war eh nicht so viel los«, winkte er
ab und schaute sie nun sorgenvoll an. »Aber du
bist doch nicht krank, oder? Sonst hättest du gar
nicht kommen sollen.«

Luisa schüttelte stumm den Kopf.

»Ach so, du hast gefeiert«, wollte Felix nun grinsend wissen, aber seine Angestellte winkte nur ab
und verließ nach einem kurzen „Ciao" die Apotheke.

Kapitel 5

Berlin

Hauptkommissarin Maren war schon fast bei ihrem Auto angekommen - sie zog es vor mit dem eigenen Fahrzeug anstelle eines Dienstwagens zu fahren - als sie sich umdrehte, um zu schauen, wo ihr Kollege Sven Reichenbacher blieb. Was machte der denn für ein Gesicht? Vorhin war er doch noch ganz lustig gewesen.

»Was ist los mit dir?«, wollte die Kommissarin deshalb wissen.

»Nix, was soll schon los sein«, erwiderte er brummig, was sonst überhaupt nicht seine Art war.

Maren zuckte mit den Schultern. Dann halt nicht, dachte sie, wunderte sich aber weiterhin darüber, denn von Anfang an, seit der Oberkommissar auf dem Berliner Polizeipräsidium angefangen hatte, war sie der Meinung, dass der 28-jährige Kollege scharf auf sie war.

»Was hat unser Chef dir denn heute Morgen noch ins Ohr geflüstert?«, wollte sie aber trotz allem noch wissen, denn vielleicht hing Svens schlechte Laune auch damit zusammen.

»Nichts Wichtiges«, meinte er kurz angebunden, sein Gesicht nahm dabei aber eine rötliche Farbe an.

Maren beließ es dabei, denn anscheinend würde sie aus ihm nicht mehr herausbekommen.

Inzwischen waren sie schon in Spandau in der Zielstraße angekommen, in der sich das Haus von Saskia Breuers Eltern befand. Es lag etwas außerhalb und dahinter erstreckte sich ein Waldgebiet. Während die beiden aufs Haus zugingen, kam gerade ein grauhaariger Mann von der anderen Seite des Gehwegs an, eilte auf die Haustür der Breuers zu und zog einen Schlüsselbund aus der Tasche. Schnellen Schrittes eilte Maren, gefolgt von Sven auf ihn zu.

»Guten Tag, wir sind von der Mordkommission. Mein Name ist Maren Westphal und das ist mein Kollege Herr Reichenbacher«, stellte die Hauptkommissarin sich vor. »Sind Sie Herr Breuer, der Vater von Saskia Breuer?«, fragte sie den Fremden.

Zögernd schaute dieser sie an und meinte: »Ja, aber das ist jetzt sehr ungünstig. Meine Frau schläft. Sie hatte einen Nervenzusammenbruch. Ich war nur kurz in dem kleinen Lebensmittelgeschäft um die Ecke, um das Nötigste einzukaufen. Ich kann sie aber unmöglich ins Haus lassen, das würde Karin viel zu sehr aufregen. Ich bin froh, dass sie sich wenigstens ein bisschen gefangen hat.«

»Das glaube ich Ihnen natürlich«, antwortete Maren einfühlsam, »aber Sie müssen auch verstehen, dass wir unsere Arbeit tun müssen und keine Zeit verlieren dürfen. Je mehr Tage vergehen, umso geringer wird die Chance, den Fall aufzuklären.«

Sven, der sich etwas zurückgehalten hatte, mischte sich nun ein: »Schließlich muss es auch in Ihrem Interesse sein, dass der Mörder ihrer Tochter gefunden wird.«

Nun musste Herr Breuer schlucken, nickte und antwortete: »Natürlich, Sie haben ja Recht, aber ich mache mir Sorgen um meine Frau.«

»Wir können auch morgen noch einmal vorbeikommen, aber können Sie uns vielleicht einige Namen von Freunden Ihrer Tochter nennen?«, schlug Maren nun vor. »Vielleicht von ihren Kommilitoninnen?«

»Im Grunde weiß ich nur von einer Freundin, die ebenfalls mit ihr zusammen an der gleichen Universität Medizin studiert. Der Name ist Rike Schneider.«

»Gut. Hatte Saskia einen Freund?«

»Nicht, dass ich wüsste«, meinte Herr Breuer nachdenklich. »Bis vor Kurzem war sie allerdings mit Alexander zusammen, also Alexander Vollmer.«

»Und wo wohnt dieser Herr Vollmer«, wollte Reichenbacher nun wissen.

»Das weiß ich nicht, so genau haben wir ihn nie kennengelernt. Die beiden waren nur ein paar Wochen zusammen. Er war auch kein Student. Soviel ich weiß, hatte der irgendetwas mit Immobilien zu tun«, antwortete Breuer missbilligend.

»Warum sagen Sie das so abwertend?«, fragte Maren.

»Weil ich davon ausgehen muss, dass sich unsere Tochter doch in den falschen Kreisen bewegt hatte, sonst könnte Sie vielleicht noch leben.«

»Sie meinen also, dass sie von einem Bekannten ermordet wurde?«

Saskias Vater seufzte: »Ich habe keine Ahnung. Aber jetzt muss ich nach meiner Frau schauen.«

»Kein Problem. Wir melden uns demnächst noch einmal bei Ihnen«, verabschiedete sich Sven Reichenbacher.

Die beiden befanden sich auf dem Weg zur Universitätsklinik Charité. Nach einigen Telefonaten hatte Sven, während Maren sich durch die verstopften Straßen über den Kreisverkehr Großer Stern quälte, vorbei an der Siegessäule, herausbekommen, dass Rike Schneider sich in der Klinik befinden würde und gerade die dortigen Ärzte bei der Visite begleitete.

Als sie wieder mal an einer Ampel festhingen, meinte Maren nachdenklich: »Der Vater unseres Mordopfer scheint ja nicht allzu viel über das Leben seiner Tochter gewusst zu haben.«

»Da hast du Recht. Deshalb müssen wir so bald wie möglich noch mit Saskias Mutter sprechen.«

»Am besten wir machen das morgen. Und lassen uns dann aber auf keinen Fall abwimmeln«, fügte die Kollegin noch hinzu. Sven nickte zustimmend. Endlich schaltete die Ampel auf grün und sie schafften es gerade noch über die Kreuzung zu kommen, bevor es wieder rot wurde. Fünfzehn Minuten später hatten sie ihr Ziel erreicht. Maren fluchte, als sie aus dem Autofenster schaute, denn gerade in diesem Moment fing es an zu regnen.

»Na toll, komm lass uns da rüber rennen. Es sind nur ein paar Meter bis zum Eingang. Ich habe keinen Schirm dabei.«

»Wozu auch«, meinte Sven belustigt, indem er Marens krause Locken anschaute, die sich sowieso in alle Richtungen verteilten. »Da kann man ja nichts kaputt machen.«

Maren knuffte ihn in die Seite und meinte lachend: »Zur Strafe musst du mir aber nachher sagen, was der Chef dir ins Ohr geflüstert hat.«

Mit Erstaunen musste sie feststellen, dass sich die Miene ihres Kollegen bei diesen Worten wieder verfinsterte. Vielleicht sollte sie das Thema doch lieber ruhen lassen. Sie würde ihn nicht noch einmal darauf ansprechen, aber ihre Neugier war geweckt. Inzwischen regnete es nicht nur, sondern es goss in Strömen. Rennend, die Jacken über den Kopf haltend, kamen die beiden in der Klinik an und waren trotz der Vorsichtsmaßnahmen patschnass. Sie erfuhren an der Pforte, dass sie sich noch zehn Minuten gedulden mussten, bis Frau Schneider kommen würde. Missmutig schaute Maren an ihrer nassen Hose herunter und murmelte vor sich hin: »Da hätten wir es aber im Auto gemütlicher gehabt.«

Rike Schneider kam auf die Beamten zu, lächelte und fragte: »Sie wollten mich sprechen?«
Sven verschlug es den Atem und auch Maren schaute überrascht auf die junge Frau. Diese sah aus wie eine Puppe. Bildhübsch mit ihren langen, wallenden schwarzen Haaren.
In ihrem Gesicht war kein einziges Fältchen oder gar ein Pickel zu sehen. Sie wirkte eher wie ein Model als wie eine Studentin. Maren fasste sich als erste wieder, stellte sich und ihren Kollegen vor und erklärte ihr: »Wir ermitteln im Mordfall von Saskia Breuer und haben gehört, dass Sie mit ihr befreundet waren?«

Sofort nahm das hübsche Gesicht einen betrübten Ausdruck an und nach kurzer Überlegung antwortete Rike zögernd: »Freundinnen ist vielleicht zuviel gesagt. Wir sind ab und zu zusammen ausgegangen und hingen auch in der Uni zusammen ab.«

»Aber die Eltern von Frau Breuer kennen Sie schon?«, frage Sven, die Stirn krausziehend.

»Ich habe die einmal kurz gesehen, als sie Saskia besucht haben, als ich auch gerade dort war.«

»Dann waren Sie also schon ab und zu bei ihr zu Hause.«

»Eher selten«, erwiderte Rike leise. »Das ist so furchtbar. Wir sind hier alle total geschockt und wir Frauen haben jetzt auch Angst, dass wir die nächsten sein könnten.«

»Wie kommen Sie darauf?«, fragte Maren.

»Na, ja, das kann doch nur irgend so ein Irrer gewesen sein und der gibt sich sicherlich nicht mit einer Toten zufrieden. Oder können Sie mich da jetzt beruhigen?«

»Wir sind zwar noch ganz am Anfang unserer Ermittlungen, aber wir gehen jetzt nicht davon aus, dass der Täter gleich wieder zuschlagen wird«, versuchte der Oberkommissar die Studentin zu beruhigen.

»Aber trotzdem wäre es angebracht, in nächster Zeit vorsichtig zu sein und am besten abends nicht alleine in einsamen Gegenden unterwegs zu sein«, äußerte sich Maren, indem sie ihrem Kollegen einen missbilligenden Blick zuwarf. Entwarnung war im Moment tatsächlich noch nicht zu geben. Sie musste nachher ein ernstes Wort mit Sven wechseln. Aber nun schaute sie wieder zu Rike Schneider. »Ich habe das Gefühl, Sie möchten uns noch etwas sagen. Liege ich da richtig?«

»Nun ja, es ist so«, druckste die Studentin herum. Saskia und ich hatten schon noch eine Gemeinsamkeit. Ich weiß ja nicht, ob das wichtig ist, aber wenn es vielleicht hilft, den Täter zu finden…..«

»Sagen Sie uns bitte alles, was Sie wissen.«

»Ja, also wir haben beide in einer Agentur als Hostessen gearbeitet, um während der Studienzeit ein bisschen besser leben zu können.«

Interessiert sahen die Beamten sie an. Schließlich könnte das der Schlüssel zu allem sein.

Sven schluckte und erwiderte: »Gut, dass Sie uns das gesagt haben. Wir brauchen den Namen der Agentur. Haben Sie sich auch prostituiert?«

Kopfschüttelnd über so wenig Einfühlungsvermögen hörte Maren die empörte Antwort: »Sind Sie verrückt? Was halten Sie denn von mir? Natürlich nicht.«

»Okay, das ist schließlich wichtig, wir müssen ja wissen, ob bald mit dem nächsten Mord zu rechnen ist. Also, wie heißt die Agentur?«

Nun wechselte Rikes zornrote Gesichtsfarbe wieder in eine vornehme Blässe.

»Frau Schneider, es ist gut und wichtig, dass Sie uns alles sagen, so verlieren wir keine Zeit bei unseren Ermittlungen und können gezielt vorgehen.«

»Natürlich, aber sonst gibt es da nichts zu sagen. Wir sind lediglich als Begleitung mit verschiedenen Männern ausgegangen. Alles Mögliche war dabei. Manche wollten ihrer Mutter einfach Aussicht auf eine Schwiegertochter geben, manche sind schwul und wieder andere wollten einfach ein hübsches Aushängeschild mit auf irgendein Geschäftsessen nehmen. „BFAF" ist der Name. Das ist die Abkürzung für „Begleitung für alle Fälle".«

»Okay, danke Frau Schneider, das war es dann erstmal. Es kann allerdings sein, dass wir uns noch einmal bei Ihnen melden werden.«

»Klar, kein Problem«, meinte diese, erleichtert, den Kommissaren zu entkommen.

Maren reichte ihr die Hand, um sich zu verabschieden und ihr Kollege tat es ihr gleich.

»Das war ja nun schon mal sehr aufschlussreich«, meinte die Hauptkommissarin und ihr Kollege nickte zustimmend. »Und nun?«, wollte er wissen.

»Jetzt schauen wir noch, ob wir den einen oder anderen Dozenten in der Uni antreffen. Du hast doch wohl noch nicht auf Feierabend gehofft?«, fragte Maren, als sie das wenig begeisterte Gesicht ihres Kollegen sah.

»Das nicht, aber auf ein Mittagessen vielleicht.«

»Da musst du dich noch ein bisschen gedulden.«

»Es soll aber Leute geben, die unterzuckert nicht mehr arbeiten können.«

»Ach je, eine Runde Mitleid. So ausgehungert siehst du gar nicht aus«, meinte Maren mit einem kurzen Blick auf seinen kleinen Bauchansatz.

»Na toll, wozu braucht man Feinde, wenn man solche Kolleginnen hat«, sagte Sven grinsend und ließ sich auf den Beifahrersitz fallen.

»Ich komme dir insofern entgegen, dass wir nach der Universität, noch bevor wir den Ex-Freund der Toten aufsuchen, irgendwo eine Kleinigkeit essen gehen.«

»Ach, das möchtest du heute auch noch machen?«, fragte er gespielt verzweifelt. Er liebte es mit Maren zusammen zu ermitteln. Da konnte auch das, was sein Chef zu ihm gesagt hatte, nichts daran ändern, auch, wenn es sehr schade war. Sven versuchte die unangenehmen Gedanken zu verscheuchen und konzentrierte sich auf die Ermittlungen, denn sie hatten heute noch einiges zu tun.

Kapitel 6

Markus saß im Wohnzimmer auf der Couch und verfolgte mit nervösem Blick das Auf- und Abgehen seiner Frau. Zu Wort kam er nicht mehr, denn Liane hatte sich in Rage geredet.

»Du bist nur noch unterwegs. Ich sehe dich überhaupt nicht mehr. Was für Jobs machst du da überhaupt ständig im Ausland? Ist das alles überhaupt legal? Seit Wochen haben wir nicht mehr miteinander geschlafen. Was ist nur aus uns geworden?« Das alles sprudelte ohne Punkt und Komma aus ihr heraus und nun ließ sie den Tränen freien Lauf. Das wiederum konnte ihr Mann nicht länger ertragen, er erhob sich und ging schnellen Schrittes auf Liane zu. Schluchzend warf sie sich ihm entgegen und schlang ihre Arme um seinen Hals.

»Hey, Schatz, ich liebe dich doch. Es sind nun mal im Moment nicht so tolle Zeiten, aber das ändert sich ja mal wieder. Ich sorge dafür, dass sich das ändert, das ist der Grund, dass ich so oft weg bin. Ich vermisse dich und die Kinder doch genauso«, versuchte Markus sie zu besänftigen.

»Ehrlich?« Liane hob den Kopf und sah ihn mit schmachtendem Blick an. Da konnte Markus nicht widerstehen. Er drückte seinen Mund auf den ihren und küsste seine Frau leidenschaftlich, nachdem diese ihm bereitwillig die Lippen geöffnet hatte. Dann ließ er seine Küsse an ihrem Hals heruntergleiten, bis er schließlich ihre Brustwarze fest mit seinem Mund umschloss. Sie stöhnte auf und presste ihren Unterleib fest an seinen. Als sie spürte, wie er sich ihr hart entgegendrückte, war es um sie geschehen. Sie öffnete hektisch seinen Hosengürtel und schob ihn rückwärts Richtung Schlafzimmer. Er zog ihr das Longshirt über den Kopf - mehr hatte sie sowieso nicht an - und ließ es achtlos auf den Boden fallen. Liane stöhnte auf und die beiden ließen sich aufs Bett fallen. Vergessen waren der Streit und die Welt um sie herum.

Später lagen die beiden noch eine Weile eng aneinander gekuschelt im Bett, bis Liane sich wohlig räkelte. Abrupt hielt sie dann allerdings inne und schaute ihren Mann fragend an. »Schatz, was ist los mit dir? Du bist so ruhig. Hat es dir nicht gefallen?«
»Doch, natürlich, es gibt für mich nichts Schöneres, als mit dir zu schlafen.«
»Was ist es dann? Was bedrückt dich?«
»Nichts«, antwortete Markus kurz angebunden.
Kopfschüttelnd begab sich Liane in die Küche. So langsam wurde die Zeit knapp. Die Kinder muss-

ten demnächst von der Schule und dem Kindergarten abgeholt werden, in der Küche sah es nach dem Frühstück immer noch wie auf einem Schlachtfeld aus und was es zum Mittagessen geben sollte, das stand noch in den Sternen.

Nachdem sie die Spülmaschine eingeräumt hatte, bückte sie sich, um die Klappe des Einbauschrankes zu schließen und drehte sich plötzlich mit Schwung herum.

»Huch, Mensch Markus, erschreck mich doch nicht so«, rief Liane aus und schlug sich die Hand auf die Brust. Er stand nun direkt vor ihr, aber sie hatte ihn nicht hereinkommen hören.

»Sorry, das wollte ich nicht«, entschuldigte er sich zerknirscht.

»Sag mir endlich, was los ist?«, wollte Liane jetzt wissen. »Du schaust so ernst. Da stimmt doch was nicht.« So langsam stieg Panik in ihr auf.

»Ja, hm, also«, verhaspelte Markus sich, »ich muss dir was sagen.«

»Was denn?«, fragte sie, Böses ahnend.

»Ich werde für längere Zeit wegmüssen, da ich einen sehr gut bezahlten Job gefunden habe.«

»Na, ganz toll. Und das hättest du mir nicht vorher sagen können? Bevor du mit mir in die Kiste gehopft bist«, fauchte Liane ihn böse funkelnd an, rauschte an ihm vorbei, riss ihre Jacke von der Garderobe und verließ die Wohnung.

Draußen angekommen - die Tränen liefen ihr schon in Bächen über die Wangen -, bemerkte sie, dass sie unter ihrer langen Jacke nur eine Jogginghose anhatte, aber das war ihr jetzt auch egal. Sie würde es einfach nicht ertragen, gleich wieder zurückzugehen, nicht, bevor die Kinder da sein würden. Dann musste sie es tun, aber keine Minute vorher. So hatte sich Liane ihr Leben in Berlin nicht vorgestellt. Sie war froh gewesen, dem Landleben in Falkensee entkommen zu sein. Das war ihr immer langweilig erschienen. Sie war dort aufgewachsen und hatte auch mit Markus die letzten Jahre dort verbracht. Aber jetzt vermisste sie nicht nur ihre Freundinnen, sondern auch ihre Eltern. Nun würde sie wieder wochenlang hier rumsitzen und allein für die Kinder verantwortlich sein und kannte hier fast niemanden. So gut war sie mit Marlene nun auch wieder nicht befreundet, dass ihr das ein Trost gewesen wäre. Außerdem war da noch Matthias, der Kotzbrocken von Mann. Liane schniefte vor sich hin. Sie hatte sich inzwischen auf eine Bank gesetzt, die sich am Ende der Straße befand. Hier war sie umgeben von ein paar hohen Bäumen, denen man schon den Frühling ansehen konnte. Es war nicht vorstellbar, dass in der Nähe dieser ruhigen Gegend, nämlich in der Parallelstraße, reger Verkehr herrschte. Aber sie hatte heute für ihre Umgebung keinen Blick übrig. Was sollte sie nur tun? Nach einer gefühlten Ewigkeit erhob sich Liane mit einem Blick auf die Uhr und eilte doch nach Hause. Sie musste sich noch kurz umziehen und unbedingt das verheulte Gesicht waschen, bevor sie die Kinder abholen würde. Vielleicht konnte dies auch Markus erledigen. Wenigstens das konnte er zu ihrem gemeinsamen Leben beitragen, dachte sie bitter. Oder er ließ noch mal mit sich reden und würde sich gegen den neuen geheimnisvollen Job entscheiden, schoss ihr dieser hoffnungsvolle Gedanke in den Kopf.

In der Wohnung zerbarst diese Hoffnung wie eine geplatzte Seifenblase. Ihr Ehemann war verschwunden und stattdessen lag ein Zettel auf dem Tisch.

Liebe Liane,

es tut mir leid, aber wenn ich zurückkomme, werden wir ein sorgenfreies Leben führen können und du wirst mir dankbar sein. Ich gehe lieber gleich und erspare uns die Szenen. Ich liebe dich! Verzeih mir und drück die Kinder ganz fest von mir.

Dein dich immer liebender Markus

Liane ließ sich fassungslos auf den nächsten Stuhl fallen und weinte hemmungslos.

Kapitel 7

Pforzheim

Als Luisa den Kindergarten betrat, kam Annabelles Erzieherin direkt auf sie zu. »Frau Kessler, haben Sie mal einen Moment?«

Etwas genervt antwortete sie in Richtung ihrer Tochter schauend, die gerade auf sie zugerannt kam: »Aber nur ganz kurz. Wir wollen die Oma besuchen.«

»Juhuu, wir gehen zur Oma«, freute sich die Kleine, die das gehört hatte.

»Ja mein Schatz«, und nach einer kurzen Pause fuhr Luisa an Rebecca gewandt fort: »Meine Mutter wartet mit dem Essen auf uns.«

»Es dauert auch nicht lange, aber es ist wichtig.«

»Gut.« Sie beugte sich zu ihrem Töchterchen hinunter. »Annabelle, geh dich doch bitte schon mal anziehen.« Erst als die Worte „Du bist doch schon ein großes Mädchen" folgten, rannte die Kleine in den angrenzenden Raum, in dem sich die Garderobe befand.

»Frau Kessler, es ist so, dass ich Ihnen noch einmal dringend raten möchte, mit ihrer Tochter einen Psychologen aufzusuchen.«

»Das haben Sie mir doch erst vor ein paar Tagen gesagt«, empörte sich Luisa nun doch etwas.

»Ja, aber heute gab es einen Vorfall…«

»Einen Vorfall?«

»Also, wir waren mit den Kindern im Garten zum freien Spielen, als ich schließlich bemerkte, dass Annabelle wie angewurzelt am Zaun stand und auf die dahinterliegende Wiese starrte….«

»Ja aber….«

»Als ich dann zu ihr gegangen bin, sagte sie mir, dass sie ihren Papa gesehen hätte. Da Ihr Mann ja aber tot ist, kann es sich schließlich nur um eine Wunschvorstellung handeln.

Oder wie sehen Sie das?«

Luisa war ganz blass geworden und stammelte etwas unbeholfen: »Ja, äh, also, da haben Sie natürlich Recht. Ich werde mich heute noch um einen Termin bemühen.«

»Das beruhigt mich jetzt sehr«, äußerte sich die Erzieherin zufrieden.

In diesem Moment kam Annabelle angerannt. »Gehen wir jetzt gleich zur Oma?«

»Ja, das machen wir.« Zerstreut nahm sie die Hand ihrer Tochter und ergriff, nach einem kurzen Nicken zu Rebecca, die Flucht aus der Kindertagesstätte.

Luisa fluchte, weil sie schon von Weitem den langen Stau in der Habermehlstraße sah. Was war da denn los um die Mittagszeit. Schließlich hatten die

Leute noch nicht Feierabend. Da muss es wohl einen Unfall gegeben haben. Kurz darauf sah sie auch schon die zwei ineinander verkeilten Fahrzeuge. Es war ein Auffahrunfall.

»Na super«, murmelte sie vor sich hin.

»Mama, was gibt es bei der Oma zum Essen?«

Da wurde Luisa bewusst, dass sie dringend ihre Mutter anrufen sollte, denn diese wusste noch gar nichts von ihrem Glück. Das war nur eine Ausrede gewesen, weil sie nicht schon wieder mit der Erzieherin sprechen wollte. Da aber Annabelle gleich so begeistert war, kam Luisa aus dieser Nummer nicht mehr heraus. Seufzend griff sie deshalb nach ihrem Handy und wählte, nachdem sie das Gerät von der Freisprechanlage getrennt hatte, die Nummer von Brigitte. Schließlich wollte sie nicht auffliegen, denn ihre Tochter war trotz ihres geringen Alters sehr aufmerksam. Sie presste, nachdem sie die Nummer eingegeben hatte, das Telefon mit der Schulter an ihr Ohr, um im Schritttempo ab und zu ein paar Meter weiterfahren zu können. Nach dem dritten Klingeln nahm Brigitte Bambach das Gespräch entgegen.

»Bambach.«

»Hallo Mutter, wie geht es dir?«

»Du rufst doch nicht an, um zu fragen, wie es mir geht«, wollte diese verwundert wissen.

»Nein, ich wollte fragen, was es denn heute bei dir zum Essen gibt?«, gab Luisa seufzend zu.

»Wie, zum Essen. Warum fragst du?«

»Weil wir schon auf dem Weg zu dir sind und wissen wollten, was du uns Schönes gekocht hast?«

Nach einer kurzen Pause kam die Frage: »Geht es dir gut mein Schatz? Wir waren nicht verabredet.«

»Ich weiß, ich werde dir alles in Ruhe erzählen«, antwortete sie so neutral wie möglich.

»Okay«, gab sich die Mutter geschlagen. »Ich könnte ein paar Pfannkuchen machen. Dazu habe ich alles da.«

»Pfannkuchen? Das wäre super.«

»Jaaaa, Omas Pfannkuchen sind die besten«, schallte es vom Hintersitz nach vorne.

Plötzlich wurde Luisa durch Annabelles Stimme aus ihren Gedanken herausgerissen: »Mama, neben uns möchte dir ein Polizist was sagen.«

Erschrocken schaute sie aus dem Fenster und erstarrte. Neben ihnen stand ein Polizeifahrzeug und der Beifahrer gab ihr deutlich zu verstehen, rechts ranzufahren.

Nachdem Luisa das Telefongespräch beendet hatte und der Aufforderung nachgekommen und ausgestiegen war, wartete sie nicht ab, was der Polizist zu sagen hatte, sondern meinte zerknirscht: »Ich weiß, ich hätte nicht ohne Freisprechanlage telefonieren dürfen. Es tut mir leid! Heute scheint nicht mein Tag zu sein.«

Der Beamte schaute sie mitfühlend an. »Ja, solche Tage hat man manchmal, aber Vorschrift ist Vorschrift.«

Sie nickte und teilte ihm bereitwillig ihre Personalien mit. Nachdem alles geklärt war und sich der nette junge Mann freundlich verabschiedet hatte, stellte Luisa erleichtert fest, dass sich nun zumindest der Verkehrsstau aufgelöst hatte. Wenigstens konnten sie nun hoffentlich ohne Zwischenfälle weiter nach Wilferdingen fahren, einem Teilort von Remchingen, in dem ihre Mutter wohnte. Durch die Verzögerung würde es dann wahrscheinlich auch gleich Essen geben, lächelte Luisa jetzt doch vor sich hin.

Brigitte erwartete die beiden schon. Sie stand an der Haustür ihres Häuschens, das sich im Neubaugebiet befand. Wenn sie auch etwas verwundert war über so einen unter der Woche eher seltenen Besuch, freute sie sich doch sehr, ihre Tochter und Enkeltochter zu sehen. Die Pfannkuchen waren schon fertig und standen zum Warmhalten im Backofen. Annabella rannte ihrer Oma entgegen und fiel ihr um den Hals. Diese drückte die Kleine fest an sich. »Na mein Schatz, das ist aber toll, dass ihr mich heute besucht.«

Aber Annabelle war schon weitergerannt, um den Wellensittich der Oma zu begrüßen. Luisa umarmte ihre Mutter ebenfalls und sagte: »Danke, dass du so flexibel bist.«

»Ihr habt Glück gehabt, denn eigentlich hätte ich was vorgehabt, aber das hat sich dann kurzfristig zerschlagen. Aber was verschafft mir denn nun heute die Ehre?«

Inzwischen waren die beiden in der Diele angekommen.

»Eigentlich hätte es nur eine Ausrede sein sollen, weil Annabelles Erzieherin mit mir sprechen wollte«, flüsterte Luisa ihrer Mutter ins Ohr. Diese schaute ihre Tochter verständnislos an und diese fuhr fort: »Ich erklär dir das später. Okay?«

»Alles klar, dann kommt doch gleich in die Küche, damit wir essen können.«

»Mmmm, das duftet ja herrlich«, entspannte sich Luisa ein bisschen und folgte Brigitte. Auch die Kleine ließ sich das nicht zweimal sagen und kurze Zeit später hatten sich die drei auf der gemütlichen Eckbank niedergelassen, die sich in der großen Wohnküche befand. Schweigend ließen sie es sich schmecken und die Oma betrachtete wohlwollend, wie die kleine Annabelle großzügig Erdbeermarmelade auf ihrem Pfannkuchen verteilte.

Sie benutzte dazu zwar ein Kindermesser, aber trotzdem waren ihre Hände und vor allem das Gesicht ziemlich mit der Konfitüre verschmiert. Sie sah dabei richtig süß aus, mit ihren wilden dunklen Locken und den beiden Wangengrübchen, die sie von ihrer Mutter geerbt hatte. Brigitte konnte sich nicht sattsehen an ihrer Enkelin.

Nach dem Essen zog sich Annabelle in ihre Bastelecke zurück, die im Wohnzimmer extra mit Kinderstühlchen und einem kleinen Tisch für sie eingerichtet worden war, und begann hingebungsvoll zu basteln. Damit konnte das kleine Mädchen sich stundenlang alleine beschäftigen. So hatten Luisa und ihre Mutter Zeit, sich einmal ausgiebig zu unterhalten. Dazu hatten es sich die beiden, mit jeweils einer Tasse Kaffee, auf der geblümten Sitzgruppe aus Stoff bequem gemacht.

Nachdem Brigitte erfahren hatte, was die Erzieherin gesagt hatte, schwiegen sie eine ganze Weile, bis Luisa schließlich zögernd sagte: »Das alles hätte mich gar nicht so mitgenommen, wenn ich mich nicht selbst schon seit geraumer Zeit beobachtet fühlen würde. Natürlich glaube ich nicht an Geister oder dass Annabelle Paul gesehen haben könnte, aber ich habe Angst, dass irgend so ein Perverser es vielleicht auf meine Tochter abgesehen hat. Ich selbst traue mich nicht mal mehr abends im Dunkeln ohne Angst raus zu gehen.«

Schweigend hatte Brigitte zugehört und blickte Luisa nun sorgenvoll an. »Ich würde dich ja gerne beruhigen, aber ich weiß, dass du nicht der Typ bist, der sich so etwas einbildet. Mir wäre es lieber, wenn du zur Polizei gehen würdest.«

»Aber, was um Himmels willen soll ich denen denn sagen? Ich habe doch überhaupt keine Beweise. Außerdem hatte ich, wie du weißt, nach Pauls Verschwinden und vor allem nach der Nachricht von seinem Selbstmord mit Depressionen zu kämpfen…«

»Depressionen ja, aber doch keine Wahnvorstellungen. So gut kenne ich dich doch.«

Luisa seufzte: »Ich weiß auch nicht, was ich machen soll. Jetzt gehen wir erst mal nach Hause, solange es noch hell ist«, äußerte sie sich nach einem Blick auf die Uhr, erhob sich und rief ihr Töchterchen. Brigitte folgte ihr. Man konnte in ihren Augen deutlich die Angst um ihre Familie erkennen.

»Bitte gehe zur Polizei und lass das nicht so auf sich beruhen«, sagte sie noch einmal eindringlich beim Abschied.

...

Als es dunkel wurde, schaute Luisa kurz aus dem Fenster, bevor sie auch diesen letzten Rollladen herunterließ und atmete erleichtert aus, weil sie niemanden sehen konnte. Wahrscheinlich sah sie doch nur Gespenster. Morgen früh würde sie sich um einen Psychiater bemühen, aber nicht für ihre Tochter, sondern für sich.

»Schätzchen, es ist Zeit zum Schlafengehen.«

Im Gegensatz zum Normalfall kam Annabelle angeschlurft und rieb sich die Augen. Nach dem schönen Nachmittag bei ihrer Oma war das Kind sehr müde und leistete keine Gegenwehr, als Luisa sie ins Bett brachte und ihr noch eine Gute-Nacht-Geschichte vorlas. Sie hatte noch nicht einmal den letzten Satz gelesen, da war ihre Tochter schon eingeschlafen. Leise schlich Luisa aus dem Zimmer, schloss vorsichtig die Tür und entschloss sich, eine Kleinigkeit zu Abend zu essen. Vorhin, als die Kleine essen wollte, war sie selbst noch von den Pfannkuchen gesättigt gewesen, aber nun meldete sich so langsam der Hunger. Und eigentlich, beschloss sie, wäre nichts dagegen einzuwenden, ein Glas Wein zu trinken. Vielleicht würde ihr das ein bisschen Entspannung bringen. Sie wollte gerade in die Küche gehen, als das Telefon klingelte. In der Annahme, dass das ihre Mutter sei, um zu fragen, ob sie gut nach Hause gekommen wären, griff sie nach dem Gerät und ließ sich erschöpft in ihren Sessel fallen. Als sie die Stimme ihrer Nachbarin hörte, richtete sie sich wieder auf und war überrascht, da sie nicht auf die angezeigte Nummer geschaut hatte.

»Guten Abend Frau Kessler, haben Sie einen Moment Zeit? Ich hätte eine Frage.«

»Ja natürlich Frau Assman. Was haben Sie auf dem Herzen? Brauchen Sie etwas aus der Apotheke?«

Manchmal brachte Luisa der älteren Dame ein Medikament mit, damit diese nicht extra in die Innenstadt musste.

»Nein, dieses Mal hätte ich eine andere Bitte. Ich muss übermorgen auf die Beerdigung einer Freundin. Da diese aber in Frankfurt stattfindet, muss ich dort übernachten.«

»Ja?«, fragte Luisa ratlos, welche Rolle sie dabei spielen sollte.

»Es ist mir etwas peinlich, Sie darum zu bitten, aber ich habe hier sonst niemanden, der dafür in Frage käme. Und da Sie ja nur halbtags arbeiten, dachte ich mir, dass Sie vielleicht auf meine Patsy aufpassen könnten. Würde das gehen?« Emily Assmann hatte einen winzigen Chihuahua, den sie über alles liebte und mit dem sie tatsächlich täglich ihre kleinen Runden drehte, obwohl sie leicht gehbehindert war. Aber gerade das hielt die alte

73

Dame fit, so dass sich ihr Gesundheitszustand seit Jahren nicht verschlechtert hatte.

Nach einer kurzen Pause, denn schließlich hatte sie im Moment schon genug Probleme am Hals, antwortete sie zögernd: »Nun, ich weiß nicht so recht. Was mache ich denn mit dem Hund, während ich arbeite?«

»Das ist kein Problem. Ich bin zwar nicht oft unterwegs, aber wenn ich einkaufen gehe, ist Patsy auch alleine. Da ist es ihr dann egal, ob ich zwei oder vier Stunden unterwegs bin. Sie kann, während Sie in der Apotheke sind, bei mir in der Wohnung bleiben. Ich würde Ihnen sowieso für alle Fälle einen Schlüssel geben.«

Als Luisa merkte, dass sie keine andere Wahl hatte, denn sie mochte Frau Assmann, erklärte sie sich einverstanden. Außerdem würde sich Annabelle riesig freuen, da sie diesen kleinen Hund auch liebte und schon lange gerne einen eigenen gehabt hätte. Doch plötzlich durchfuhr Luisa ein erschreckender Gedanke und sie fragte leicht panisch: »Muss der Hund denn auch spät abends raus?«

»Ja, aber es reicht vollkommen aus, wenn Sie mit ihr die Straße vor an den nächsten Baum gehen. Sie werden doch keine Angst vor der Dunkelheit haben?«, fragte Emily und lachte über ihren eigenen Witz.

»Natürlich nicht«, antwortete Luisa seufzend. »Das wäre ja noch mal schöner.«

Nachdem sie der überaus erfreuten Nachbarin einen schönen Abend gewünscht und das Gespräch beendet hatte, ließ sie sich verzweifelt zurücksinken. Die Lust auf den Wein hatte Luisa verloren. Sie hatte doch wirklich andere Sorgen. Jetzt musste sie mit diesem Hund im Dunkeln Gassi gehen, und das, obwohl sie das Haus abends nicht mehr verlassen wollte. Wenigstens nicht, solange sie sich verfolgt fühlte. Aber das konnte sie ja der netten Frau nicht sagen. Da musste sie jetzt also durch. Und ihre Tochter wäre dann in dieser Zeit auch alleine. Luisa rief sich zur Ordnung. So langsam würde sie noch hysterisch werden. So war sie doch normalerweise nicht. Es würde schon eine Lösung geben. Sie erhob sich, begab sich in die Küche und aß eine halbe Scheibe trockenes Brot im Stehen. Zu mehr konnte sich Luisa nicht mehr motivieren. Als sie eine halbe Stunde später im Bett lag, wurde ihr klar, dass das keine gute Nacht werden würde. Schließlich schlief sie eine Stunde später doch ein, aber es war ein unruhiger Schlaf mit Albträumen.

Kapitel 8

Er stand im Dunkeln, etwas verdeckt durch einen Lieferwagen, der am Straßenrand geparkt war, und starrte zum Fenster hinauf, an dem gerade der Rollladen heruntergelassen worden war.

Lange kann ich nicht mehr warten, dachte er. Worauf auch? Jetzt musste es geschehen, bevor er es sich anders überlegen würde. Er kannte inzwischen ihren kompletten Tagesablauf, den von ihr und ihrem Töchterlein. Wo sie arbeitete, in welchen Kindergarten die Kleine ging, wann sie nach Hause kam und wann sie zu Bett ging, denn so dicht waren die Läden nicht, dass man nicht den Lichtstrahl sah, wenn er erlosch. Wenn ein Mann in ihrem Leben eine Rolle spielen würde, dann hätte er das ebenfalls bemerkt. Er musste es gleich erledigen. Jetzt!

Seit Kurzem war oben alles dunkel. Es hieß also noch eine Weile zu warten, um sicher zu sein, dass sie auch schlafen würde. Dann konnte er nur hoffen, dass die Tür zur Wohnung nicht abgeschlossen war. Dass die Haustür geöffnet sein würde, dafür war gesorgt. Als eine andere Mieterin in das Haus hineingegangen war, hatte er im letzten Moment die schwere Eingangstür aufgefangen, bevor sie ins Schloss fallen konnte, und das Schnäpperchen heruntergedrückt, so dass man sie nur aufzudrücken brauchte.

Eine dreiviertel Stunde später war es soweit. Er hatte Glück, die Wohnungstür ließ sich auf die Art und Weise, wie er es bei seinen Jugendsünden gelernt hatte, ohne Probleme öffnen. Nun lauschte er in die dunkle Diele hinein. Es war alles still. Nachdem er leise eingetreten war, drückte er vorsichtig die Klinke herunter, so dass kein Laut zu hören war, wartete, bis sich seine Augen an die Dunkelheit gewöhnt hatten und schaute sich dann um. Es fiel nur wenig Licht vom Wohnzimmer in die Diele, nur das, was ausgestrahlt von der Straßenlaterne durch die Ritzen der Rollläden drang. Im Flur selbst gab es kein Fenster. Aber es reichte aus, um die Kommode zu erkennen, die quer gegenüber an der Längsseite der Wand aufgestellt war. Zielstrebig ging er darauf zu und zog die große Schublade heraus, die sich über zwei Schranktüren befand. Er musste das Risiko eingehen, seine kleine Taschenlampe einzuschalten, wenn er finden wollte, was er suchte. Dankbar über die Ordnung, die hier herrschte, konnte er sich recht schnell holen, was er benötigte. Er musste innerlich grinsen, wenn er an seine Kommoden zu Hause dachte, denn da herrschte so ein

Chaos, dass er lange hätte suchen müssen, um gezielt etwas zu finden. Er war gerade dabei die Schublade wieder zuzuschieben, als er erstarrte, weil aus dem angrenzenden Zimmer ein Geräusch zu hören war. Tatsächlich hörte es sich so an, als ob Kinderfüße über einen Holzboden laufen würden. Da fiel auch schon ein Lichtstrahl durch die Ritze zwischen Boden und Tür. Die Kleine hatte das Licht angemacht. Was sollte er nur tun? Sie würde gleich die Klinke runterdrücken, ihn sehen und nach ihrer Mutter schreien. Dann wäre alles umsonst gewesen. Er könnte so schnell nicht unbemerkt aus der Wohnung verschwinden. Panisch schaute er sich um und entschied sich für das Wohnzimmer.

Kapitel 9

Berlin

Maren und Sven befanden sich im Wartebereich der Agentur BFAF. Nach gefühltem stundenlangen Warten öffnete sich endlich die gegenüberliegende Bürotür und die Chefin gab ihnen ein Zeichen, dass sie eintreten durften. »Natalia Engelmann«, stellte sich diese vor und streckte den Kommissaren die Hand entgegen. Nachdem die beiden auf der anderen Seite ihres Schreibtisches Platz genommen hatten, fragte die Leiterin der Hostessenvermittlung: »Was kann ich für Sie tun?«

Maren, die zuvor schon ihren Ausweis gezückt und sich und ihren Kollegen ausgewiesen hatte, sagte ohne Umschweife: »Es geht um Saskia Breuer. Sie hat bei Ihnen gearbeitet. Was genau gehörte zu ihrem Aufgabengebiet? Und mit welchen Männern war sie ausgegangen?«

»Moment mal«, empörte sich Frau Engelmann, »haben Sie schon mal was von Diskretion gehört? Ich kann Ihnen keine Namen nennen. Außerdem, was heißt hier, Saskia hat gearbeitet? Sie arbeitet immer noch für uns, wenn auch nur gelegentlich in Teilzeit.«

»Nun, jetzt sicherlich nicht mehr, denn sie ist tot, ermordet worden«, mischte sich Sven ein.

Natalia war bei diesen Worten kreidebleich geworden. Sie muss es wirklich noch nicht gewusst haben, dachte Maren und äußerte sich: »Haben Sie denn noch nichts von dem Tod ihrer Angestellten gehört?«

»Ne…Nein«, stammelte sie. »Ich bin gerade erst vor einer halben Stunde von einer Geschäftsreise zurückgekommen.

»Dann verstehen Sie ja sicherlich, dass wir die letzten Kontakte von Frau Breuer benötigen«, übernahm nun wieder der Kollege die Befragung.

»Ja, schon, aber ich kann Ihnen das erst heute Abend raussuchen. Ich habe gleich einen wichtigen Termin. Dafür haben Sie bestimmt Verständnis.«

Nervös schaute sie durch die Glasscheibe des Büros nach draußen zu der Sitzgruppe, wo sich ein elegant gekleideter Mann niedergelassen hatte.

Maren, die ihrem Blick gefolgt war, erwiderte schroff: »Nein, dafür habe ich kein Verständnis. Wir bekommen die Liste mit den Namen der Männer, die Saskia Breuer begleitet hat. Und zwar jetzt! Alle! Schließlich sind wir nicht zum Vergnügen hier. Es geht um Mord.«

Natalia Engelmanns Gesicht hatte inzwischen eine ungesunde rote Farbe angenommen.

»Gehört der Mann da draußen auch zu Saskias Kunden?«, fuhr die Kommissarin fort. Da keine Antwort erfolgte, wandte sie sich an Sven: »Also, ich denke, das ist einer unserer Männer. Geh doch bitte schon mal zu ihm und stelle ihm ein paar Fragen.«

Ihr Kollege nickte und Frau Engelmann zischte bitterböse: »Dürfen Sie das überhaupt so einfach, meine Kunden belästigen?«

»Aber natürlich, das müssen wir sogar«, antwortete Maren bissig, die inzwischen doch sehr verärgert war. Ihr Kollege hatte den Raum schon verlassen.

»Es muss doch auch in Ihrem Interesse sein, dass der Mord an Ihrer Angestellten aufgeklärt wird. Oder etwa nicht?«

»Doch natürlich«, antwortete die Chefin zähneknirschend.

»Wenn Sie mir jetzt noch sagen, von welcher Geschäftsreise Sie heute zurückgekommen sind. Ich brauche die Adresse, das Land und die Fluggesellschaft, falls Sie geflogen sind. Dann lasse ich Sie fürs Erste in Ruhe.« Wie war ihr doch diese Frau unsympathisch.

Allerdings schien Natalia ihren Kampfgeist verloren zu haben. Wortlos druckte sie die Hotelbestätigung ihres Aufenthaltes in Prag aus und überreichte diese der Polizeibeamtin, zusammen mit der Liste, auf der die Kunden von Saskia Breuer vermerkt waren. Sie sei mit dem Auto gefahren, war ihre Auskunft, bevor sie sich kurz und knapp von Maren verabschiedete. Sven war auch schon bereit zum Gehen. Die Befragung des Kunden im Wartebereich war anscheinend problemlos verlaufen. Gedankenversunken gingen die beiden zum Auto, das ein paar Seitenstraßen entfernt geparkt war. Die Agentur befand sich mitten in der Stadt und die Parkhäuser in der Nähe waren alle belegt gewesen.

Auf dem Polizeirevier angekommen, begaben sich die beiden direkt ins Büro ihres Chefs, um ihm den Stand der Ermittlungen mitzuteilen.

Sven berichtete gerade: »Also, der Kunde, ein Herr Malch, hat einen absolut unauffälligen Eindruck auf mich gemacht. Ohne größere Aufforderung hat er mir erzählt, dass sein letztes Treffen mit Saskia Breuer - eines von zwei - schon mehrere Wochen zurückliegen würde. Sie wäre einfach nicht sein Typ gewesen. Er gab zu, dass er nicht nur eine Begleitung suchen, sondern sich schon eine feste Beziehung erhoffen würde, aber mit ihr wäre das für ihn unvorstellbar gewesen. Er sei reich und bräuchte eine Frau zum Vorführen bei seinen Geschäftspartnern und die Manieren von Saskia ließen doch einiges zu wünschen übrig. Und sexuell hätte sie ihn auch nicht interessiert.«

»Was für ein Kotzbrocken«, regte sich Maren auf. »Was will der denn? Bestellung aus dem Katalog.«

»Was regst du dich denn so auf«, amüsierte sich ihr Kollege und der Chef sah sie ebenfalls kopfschüttelnd an. Deshalb rief sie sich zur Ordnung und verfiel wieder in einen sachlichen Ton.

»Den Ex-Freund von Saskia haben wir heute nicht angetroffen. Er sei verreist und würde erst morgen wiederkommen, meinte eine Nachbarin. Und hier ist die Liste mit den Namen der drei Männer, mit denen sie in der Zeit, in der sie in der Agentur gearbeitet hatte, unterwegs gewesen war.«

Die Beamtin deutete auf das Blatt Papier, das sie Andreas Gerloff gleich am Anfang, beim Betreten des Zimmers, auf den Schreibtisch gelegt hatte. Nun schaute er darauf und meinte: »Frau Breuer scheint das ja tatsächlich nur nebenher gemacht zu haben.«

»Diese Aussage von Natalia Engelmann scheint dann ja zu stimmen.« Sven nickte zustimmend.

Andreas wedelte mit dem Blatt, auf dem die Namen „Volker Ahrend, Klaus Brecht und Anton Grabe" standen, vor den Gesichtern seiner Polizeibeamten herum und ordnete an: »Ihr schaut, wen von den dreien ihr heute noch antrefft und danach könnt ihr Feierabend machen. Morgen früh geht es dann gleich weiter, ihr braucht also nicht erst hierherzukommen. Die Besprechung machen wir dann später, wenn ihr da seid.«

Er verabschiedete sich freundlich von den beiden und Maren dachte, wie so oft, dass er doch eigentlich ganz nett war, allerdings nur, wenn alle nach seiner Pfeife tanzten. Und Sven grübelte wieder daran herum, was der Chef ihm ins Ohr geflüstert hatte, denn das gefiel ihm überhaupt nicht.

Kapitel 10

Marlene hatte es sich mit angezogenen Beinen auf dem Sofa bequem gemacht. Aber ihre Haltung drückte eine gewisse Anspannung aus. Sie beobachtete ihren Mann, wie er starr am Fenster stand und nach draußen blickte. Nachdem das Schweigen unangenehm wurde, sprach sie ihn an. »Matthias, was ist los mit dir? Entweder du bist unterwegs, wo auch immer, oder du schweigst vor dich hin.« Tatsächlich konnte man im Moment den Mann, der ständig Witze riss und anzügliche Bemerkungen in der Gegend herumschleuderte, nicht wiedererkennen. Nun drehte er sich um, sah seine Frau an und erwiderte: »Nichts, was soll los sein? Ich kann schließlich nicht die ganze Zeit reden. Geht ja sowieso allen auf die Nerven.«

»Blödsinn, wer sagt denn so was?«

»Als wir letzte Woche bei deinen Freunden waren, habe ich wieder mal deutlich gemerkt, dass sich deine Freundin Liane für was Besseres hält.«

»So ein Quatsch. Vielleicht war sie einfach nur müde. Außerdem bist du wirklich manchmal unmöglich. Was musstest du auch so ein Zeugs rausreden, von wegen und so, die Prostituierte hätte nichts anderes verdient als umgebracht zu werden. Das war wirklich total unmöglich«, redete Marlene sich in Rage. »Außerdem sind es doch auch deine Freunde. Du und Markus versteht euch doch super.«

»Ja, schon, aber Liane macht alles kaputt. Ich werde sicherlich so schnell nicht mehr dorthin gehen.«

Traurig schaute seine Frau ihn an, denn außer den beiden hatten sie schon lange keine Freunde mehr. Wegen der doch sehr speziellen Art von Matthias hatten sich alle anderen schon längst zurückgezogen, was Marlene sehr unglücklich machte. Ihr Mann schien gar nicht zu bemerken, dass er überall aneckte.

Nun schaute er sie an und meinte: »Übrigens gehe ich heute Abend weg. Bin mit einem alten Schulfreund verabredet«, murmelte er vor sich hin, konnte seiner Frau dabei aber nicht in die Augen schauen. Er war ein schlechter Lügner, aber heute musste es mal wieder sein. Er war nicht mehr glücklich mit Marlene und musste sich deshalb anderweitig befriedigen. Nun war es vorbei mit ihrer Beherrschung. Seit einigen Wochen war ihr aufgefallen, dass Matthias immer öfter ohne sie unterwegs war und immer andere Ausreden erfand, wo er beabsichtige hinzugehen. Sie vermutete schon eine Weile, dass er sie betrog. Sie sprang auf, stellte sich vor ihn hin und schrie ihn mit hochrotem Kopf an: »Denkst du denn ich merke nicht, dass du mich betrügst? Ich bin doch nicht blöd.

Ich rieche doch das fremde Parfüm. Gib doch einfach zu, dass dir nichts mehr an mir liegt.« Nachdem alles aus ihr herausgebrochen war, was sich wochenlang in ihr angestaut hatte, drehte sie sich um und brach in Tränen aus.

Matthias griff entsetzt nach ihrem Arm und hielt seine Frau zurück, als sie sich abwenden wollte.

»Aber nein, so ist das nicht. Nicht so wie du denkst. Ich liebe dich doch. Ich werde dir alles erklären.«

Marlene ließ sich von ihm zu sich herumdrehen und schaute ihn hoffnungsvoll an, aber er sagte nur: »Morgen, ja, morgen reden wir. Okay?« Er ließ sie los, entfernte sich hastig, ohne sie anzusehen und verließ, nachdem er nach seinem Geldbeutel und dem Schlüsselbund gegriffen hatte, die Wohnung.

Draußen angekommen, blieb Matthias einen Moment stehen und atmete tief durch. Was war nur mit ihm los? Als sie vor ein paar Jahren hierhergezogen waren, in diese tolle Wohnung, glaubten beide, eine vielversprechende Zukunft vor sich zu haben. Sie waren sich zwar nicht ganz einig gewesen, was die Familienplanung anging, aber das war kein Problem gewesen. Sie hatten sich schließlich geeinigt, Marlenes Kinderwunsch noch ein paar Jahre auf Eis zu legen und es dann zu versuchen. Vor zwei Jahren beschlossen sie schließlich, nicht mehr zu verhüten. Aber es klappte einfach nicht. Marlene war bis jetzt nicht schwanger geworden. Er musste sich eingestehen, dass er darüber nicht unglücklich war. Zumindest war er nun an der Kinderlosigkeit nicht mehr schuld. Das Problem war nur, dass seine Frau sich dadurch total verändert hatte. Nachdem sie im ersten Jahr nach ihrer Vereinbarung fast täglich mit ihm geschlafen hatte, wollte sie jetzt nur noch selten Sex. Wahrscheinlich dachte sie, dass es keinen Sinn machen würde, da sie in der langen Zeit nicht schwanger geworden war. Bei ihr war alles in Ordnung, wie ihr der Frauenarzt bestätigt hatte und er hatte sich geweigert, sich untersuchen zu lassen. Das trug sie ihm nach und dachte wahrscheinlich, dass er zeugungsunfähig sei. Bei dem Gedanken schnaubte er vor sich hin und setzte sich in Bewegung. Er ging rechts entlang, so konnte er noch eine Weile in der ruhigen Straße laufen, bevor er auf die belebte Hauptstraße traf. Obwohl ihn sein schlechtes Gewissen plagte, denn er liebte Marlene tatsächlich, ging er immer schneller. Er musste das jetzt wieder tun, schließlich hatte er auch seine Bedürfnisse und seine Frau war ja nicht mehr bereit dazu, diese zu befriedigen. Auf der Parallelstraße angekommen, wartete er auf die Bahn, die ihn dahin brachte, wo er seine Befriedigung bekommen würde. Die Vorfreude darauf vertrieb die quälenden Gedanken.

Kapitel 11

Pforzheim

Durch das schrille Klingeln des Weckers wurde Luisa aus dem Tiefschlaf gerissen. War sie tatsächlich nach der aufregenden Nacht gegen Morgen doch noch einmal eingeschlafen?

Nachdem sie so gegen Mitternacht durch die Rufe ihrer Tochter aufgeweckt worden und sofort aus dem Bett gesprungen war, hatte sie bis ungefähr fünf Uhr wachgelegen. Als sie die Schreie von Annabelle gehört hatte, war sie sofort hellwach gewesen, in die Diele gerannt und hatte die Kleine dort völlig aufgelöst vorgefunden. Diese war Tränen überströmt und schluchzte hysterisch, dass sie einen Schatten gesehen habe und behauptete steif und fest, dass ein Mann in der Wohnung gewesen wäre. Luisa hatte sie daraufhin fest an sich gedrückt, auf den Arm genommen und wieder in ihr Bett gebracht. Nachdem sie ihr über den Kopf gestrichen und beruhigend auf sie eingeredet hatte, war Annabelle wieder ruhiger geworden. Daraufhin durchsuchte Luisa die ganze Wohnung, wenn sie sich auch für verrückt erklärte, denn wer sollte schon hier gewesen sein. Der fremde Beobachter vielleicht? Sie lachte hysterisch auf.

Den gab es wahrscheinlich nur in ihrer Fantasie. Eigentlich müssten sie beide zum Psychiater gehen, ihre Tochter und sie selbst. Morgen würde sie sich endlich um Termine bemühen. Da sich Luisa aber nicht so schnell beruhigen konnte, schaute sie hinter jede Tür, in jeden Schrank und unter das Bett. Schließlich hatte sie über sich selbst den Kopf geschüttelt und sich wieder hingelegt.

Nun schaute Luisa irritiert auf ihren Wecker und musste sich erst orientieren. Plötzlich erinnerte sie sich an die vergangene Nacht und ihr wurde ganz schwer ums Herz, denn sie musste sich jetzt nicht nur Gedanken um ihren Geisteszustand machen, sondern sich auch noch um ihre Tochter sorgen. Das war einfach zu viel. Seufzend erhob sie sich, schleppte sich ins Bad und begab sich unter die Dusche. Mit etwas klarerem Kopf ging sie anschließend in die Küche, um Kaffee aufzusetzen und weckte schließlich ihre Kleine auf.

Wie jeden Morgen eilte Luisa, bevor sie die Wohnung verließ, zu der Kommode im Flur, um ihren Schlüsselbund aus der Schublade zu holen. Ordnung war für sie die Voraussetzung für ein zufriedenes Leben und die Schlüssel wurden nicht achtlos oben hingelegt. Ein Brett mit Haken an der Wand gefiel ihr ebenfalls nicht, außerdem lohnte es sich nicht, schließlich wohnte sie hier alleine mit Annabelle. Als Paul noch gelebt hatte, da war so ein Ding neben der Tür befestigt gewesen. Aber das waren eben andere Zeiten gewesen. Sie seufzte und musste plötzlich stutzen, weil die Schublade der Kommode nicht vollständig geschlossen war.

»Schatz, warst du hier am Schränkchen?« wollte sie von ihrer Tochter wissen, die wartend an der Tür stand. Aber diese schüttelte nur müde den Kopf. Morgens um diese Zeit konnte man mit ihr noch nicht allzu viel anfangen. Vielleicht hatte sie selbst die Schublade gestern nicht richtig geschlossen, redete sich Luisa gut zu. Schließlich befand sie sich in einer Ausnahmesituation, da konnte so etwas schon mal passieren. Angst kam in ihr hoch, hoffentlich litt sie nicht unter Verfolgungswahn. Der Entschluss, sich aus dem Telefonbuch die Nummern von einigen Psychiatern herauszusuchen und abzutelefonieren, festigte sich in ihr.

»Komm, lass uns gehen, wir sind schon spät dran«, sagte sie zu Annabelle, diese aus der Tür schiebend.

Luisa schaute flüchtig auf die Uhr im Auto, während sie auf die Apotheke zusteuerte. Entsetzt sah sie, dass es schon 8.30 Uhr war und nahm im gleichen Augenblick wahr, dass ihr Chef soeben die Tür aufschloss. Mist, sie wollte doch nicht schon wieder zu spät kommen. Aber es hatte heute eben alles etwas länger gedauert. Ihre Tochter wollte nicht aus dem Auto steigen und sie musste die Kleine fast hinter sich herziehen. Als Annabelle dann endlich im Kindergarten war, meinte es die Ampelregelung nicht gut mit Luisa. Sie hatte eine absolute rote Welle. Aber das Grübeln half nun auch nichts mehr. Anstatt wie gewohnt sich am Stadtrand einen freien Parkplatz zu suchen, fuhr sie direkt ins nächste Parkhaus und ergatterte auch sogleich einen Frauenparkplatz. Zehn Minuten später betrat sie ihren Arbeitsplatz, allerdings durch den Haupteingang, da sie sah, dass im Moment keine Kundschaft da war und Felix ihr schon entgegensah.

»Es tut mir schrecklich leid, aber ich habe heute Nacht kaum geschlafen und.......«

»Jetzt beruhige dich mal. Ist doch kein Problem«, meinte ihr Arbeitgeber gelassen und schaute Luisa genauer an. »Aber wie siehst du denn aus? Du bist ja ganz blass.«

Sie wollte gerade etwas erwidern, als eine Kundin den Laden betrat. Deshalb ging sie wortlos nach hinten in den Aufenthaltsraum. Nachdem sie ihre Jacke an die Garderobe gehängt hatte, ließ sie sich erschöpft auf den nächstbesten Stuhl fallen. Sie saß noch keine zwei Minuten, als Felix hereinkam, und sie besorgt ansah. »Ist etwas passiert?«

Luisa erhob sich, konnte dann aber nicht mehr an sich halten und brach in Tränen aus.

»Um Himmels willen, jetzt sag schon. Geht es dir nicht gut? Ist etwas mit deiner Tochter? Oder deiner Mutter?«

Wortlos schüttelte Luisa den Kopf. Ihr Chef trat ganz nahe an sie heran und legte seine Hand auf ihre Schulter. Da war es um sie geschehen. Sie schluchzte auf und warf sich in seine Arme. Sanft drückte Felix die Frau, die er schon seit Langem liebte, fest an sich und streichelte ihr über den Rücken. Inzwischen war die Ladenglocke schon zweimal ertönt, aber das war ihm egal. Schließlich hob Luisa den Kopf, sah ihn an und alles was sie bedrückte, sprudelte aus ihr heraus »Seit Wochen fühle ich mich beobachtet. Annabelle fällt im Kindergarten auf, weil sie sich seltsam verhält und jetzt hat sie auch noch ihren Vater gesehen. Und heute Nacht war anscheinend jemand in unserer Wohnung. Und…«

»Ach du liebe Zeit.« So ganz konnte Felix ihr nicht folgen. Für ihn hörte sich das alles sehr zusammenhangslos an. Sanft schob er sie von sich weg und deutete auf einen der Stühle. »Jetzt setz dich mal da hin. Ich gehe ganz kurz die Kundschaft bedienen und bin gleich wieder bei dir.«

Gehorsam nahm Luisa Platz und war froh, ihre Sorgen mit jemandem teilen zu können. Als ihr Vorgesetzter fünf Minuten später wieder zurückkam, schaute sie ihm entgegen und dachte, wie gut er doch aussah. So groß und männlich mit den breiten Schultern und dem akkuraten Kurzhaarschnitt und den markanten Gesichtszügen. Die Haare standen mit Hilfe von Haargel kerzengerade nach oben. Und dann war da noch sein sympathisches Lächeln, das sie so an ihm liebte. Allerdings fiel ihr auf, dass er sie im Moment voller Sorge anschaute. Da konnte sie nicht mehr anders. Sie erhob sich, ging auf ihn zu, schlang ihre Arme um seinen Hals, drückte ihren Mund auf den seinen und küsste ihn leidenschaftlich. Felix, der seine Überraschung schnell überwunden hatte, erwiderte den Kuss voller Verlangen. Nachdem sie sich voneinander gelöst hatten, da das Klingeln neue Kundschaft ankündigte, sah er Luisa ungläubig an. Das hätte er in seinen kühnsten Träumen nicht erwartet, zumindest nicht so schnell.

»Hast du heute Abend Zeit?«, fragte sie ihn leise.

»Die nehme ich mir auf jeden Fall«, antwortete er mit rauer Stimme.

»Dann komm doch nach Feierabend zu uns. Ich koche uns was Schönes«, lächelte sie ihn an.

»Ja, gerne«, stimmte er freudig zu. »Du brauchst dich auch zu nichts verpflichtet fühlen. Du kannst dich einfach mal richtig aussprechen und mir erzählen, was dich bedrückt.« Er wollte ihren schwachen Moment nicht ausnutzen, dazu lag ihm zu viel an ihr.

Luisa lächelte und sah ihm nach, als er den Raum verließ und ihr wurde klar, dass sie sich zu gar nichts verpflichtet fühlte und ihn am liebsten sofort überall gespürt hätte, da sie ihn schon lange begehrte. Sie hatte es sich nur nicht eingestehen wollen.

...

Der Tisch war festlich gedeckt mit zwei wunderschönen weißen Kerzen in kunstvollen Gläsern. Stilvolle Servietten mit pastellfarbenen Blüten hatte Luisa sorgfältig gefaltet und neben die großen Teller gelegt. Sie hatte es tatsächlich geschafft, ihre Tochter rechtzeitig ins Bett zu bringen. Annabelle war, nachdem sie letzte Nacht wach geworden war, so erschöpft gewesen, dass sie sofort eingeschlafen war. Luisa hatte das Richtige getan, als sie Felix angerufen hatte, dass er lieber erst gegen acht kommen solle, denn es musste nicht sein, dass die Kleine ihm gleich am ersten Tag begegnete. Dazu war später noch Zeit genug. Durch Luisas Körper ging ein angenehmes Kribbeln. Am liebsten würde sie Felix sofort in ihr Schlafzimmer ziehen. Nachdem sie sich ihre Gefühle ihm gegenüber eingestanden hatte, konnte sie es kaum erwarten, mit Felix zu schlafen. Schließlich war es über ein Jahr her, dass sie Sex gehabt hatte. Die Schmetterlinge flatterten nur so in ihrem Bauch herum. Sie musste sich zusammennehmen, wenn ihr Chef jetzt gleich käme, was sollte der sonst von ihr denken, rief sie sich zur Ordnung. Schließlich hatte sie sich alle Mühe beim Kochen gegeben, das sollte er auch genießen können und nicht von einer liebeshungrigen Frau ins Bett gezerrt werden. Luisa musste schmuzeln bei diesem Gedanken. Vergessen waren ihre Sorgen und die Angst, dass sie beobachtet werden könnte. Zuerst würde es einen Krabbencocktail als Vorspeise geben und dann…

Es klingelte. Nach einem kurzen Blick in den Spiegel, der sich in der Diele neben der Haustür befand, strich sie sich noch schnell über die Haare, um die dunklen Strähnen, die sich etwas verselbständigt hatten, in Form zu bringen, bevor sie die Tür öffnete.

Felix verschlug es die Sprache, nachdem ihm Luisa mit geröteten Wangen und funkelnden Augen gegenüberstand. Sie sah allerliebst aus mit ihren Wangengrübchen und ihrer schlanken Figur. Er konnte es immer noch nicht fassen, was heute Morgen in der Apotheke passiert war. Nachdem er eingetreten war, beugte er sich vor und küsste seine Gastgeberin rechts und links auf die Wangen. Diese drückte sich kurz an ihn und spürte wieder ein Kribbeln im Unterleib. Schnell befreite sie sich aus der Umarmung und sagte: »Das Essen ist fertig. Komm, sonst verbrennt die Lasagne. Es gibt auch eine Vorspeise«, strahlte sie ihn an. Lächelnd folgte er ihr ins Wohnzimmer und fragte: »Müssen wir nicht leiser sprechen, damit deine Tochter nicht aufwacht?«

»Keine Sorge, wenn die mal schläft, kann die Welt neben ihr untergehen.«

»Setz dich, bin gleich wieder da.« Sie eilte in die Küche und holte mit leicht zittrigen Fingern die kleinen Gläser mit der Vorspeise aus dem Kühlschrank. Was war sie aber auch aufgeregt. Sie würde doch wohl nicht alles vermasseln mit ihrer Nervosität.

Während die beiden den Krabbencocktail verspeisten, äußerte sich Felix: »Du hast dir solche Mühe gemacht und alles für mich. Vielen Dank! Ich freue mich riesig. Und es schmeckt super. Jetzt bin ich gespannt, was danach kommt. Es duftet herrlich.«

»Es gibt Lasagne. Ich hoffe, du magst das?«

»Ich liebe Lasagne.«

»Na, dann kann ja nichts mehr schiefgehen«, freute sich Luisa und erhob sich, um die Hauptspeise zu holen.

Beim Anblick der dampfenden Speise bekam sogar Luisa trotz ihrer Aufregung etwas Hunger. Sie teilte mit einem Küchenheber ein Rechteck ab und legte es vor Felix auf dessen Teller. Beim Anblick der an der Seite sichtbaren Tomatenstückchen und dem verlaufenen Käse obendrauf lief ihm das Wasser im Munde zusammen. Nach der zweiten Portion protestierte er, als Luisa den Nachtisch holen wollte. »Lass uns das später machen, sonst platze ich noch.«

Luisa sah ihn lächelnd an. »Lass uns rüber aufs Sofa sitzen.«

»Okay und du erzählst mir jetzt, was in den letzten Wochen bei dir los war.«

Sie setzten sich nebeneinander auf die Couch und Felix legte seinen Arm hinter Luisa auf die Lehne. Sie war sich seiner Nähe bewusst und roch seinen dezenten Geruch nach Aftershave. Wieder musste sie sich zusammenreißen, um sich nicht auf ihn zu stürzen, sondern es langsam angehen zu lassen. Sie begann zu erzählen, dass sie sich seit einer Weile beobachtet fühlte, einen Schatten gesehen hatte und sogar einen Mann gegenüber ihrer Wohnung bemerkt hatte.«

Und du bist sicher, dass derjenige zu dir hochgeschaut hat«, wollte Felix wissen.

»Hmm, das war ich eigentlich schon, aber inzwischen denke ich manchmal, dass ich so langsam schizophren werde.«

»Das glaube ich nicht. Ich kenne dich ja jetzt schon eine ganze Weile und schätze dich nicht als hysterisch, sondern als sehr realistisch ein.«

Sie berichtete ihm auch, dass Annabelle im Kindergarten gemeint hatte, ihren Vater gesehen zu haben und was sich letzte Nacht ereignet hatte. Das schien ihn jetzt doch auch sehr zu beunruhigen und er schaute sie besorgt an. »Kein Wunder hast du heute Morgen so elend ausgesehen.«

»Danke für das Kompliment«, musste Luisa nun doch lächeln.

Liebevoll fasste Felix mit seiner Hand unter ihr Kinn und näherte sich ganz langsam ihrem Gesicht. Nun war es vorbei mit Luisas Beherrschung. Sie küsste ihn leidenschaftlich, ließ sich rückwärts aufs Sofa gleiten und zog ihn auf sich. Als er spürte, wie sich ihr Unterleib gegen seinen drückte, stöhnte er auf und öffnete eilig die Knöpfe ihrer Bluse. Sie tastete nach dem Reißverschluss seiner Hose, um diese zu öffnen, wurde aber abgelenkt, weil er schon mit seinem Mund an ihrer Brustwarze saugte. Sie stöhnte auf. Er zog seine Hose runter, da er einfach nicht mehr warten konnte und wollte gerade in sie eindringen, als plötzlich die Stimme von Annabelle in ihr Bewusstsein drang. Sie rief so laut, dass es sogar durch die beiden geschlossenen Türen zu hören war.

»Mama. Hilfe. Da ist ein Mann.«

Entsetzt fuhren die beiden auseinander. Schnell zog Felix seine Hose wieder hoch und Luisa sprang auf und rannte, während sie die Knöpfe ihrer Bluse zumachte, ins Kinderzimmer.

Felix hatte sich wieder gefasst, als Luisa eine Viertelstunde später wieder zurückkam. Zerknirscht meinte sie: »Das tut mit jetzt so leid. Sie hat geträumt. Ich weiß echt nicht, was mit ihr los ist.

Wenigstens bin ich jetzt sicher, dass es letzte Nacht genauso gewesen sein muss.« Sie seufzte resigniert auf.

Felix nahm sie in die Arme. »Mach dir keinen Kopf, wir holen das bald nach«, flüsterte er ihr ins Ohr.

»Danke für dein Verständnis.«

»Ist doch selbstverständlich, aber ich gehe dann mal lieber. Ich merke doch, dass du jetzt keine Ruhe mehr hast.«

»Und was ist mit dem Nachtisch? Ich habe Tiramisu gemacht.«

Bedauernd schüttelte er den Kopf. »Sei mir nicht böse, ich kann einfach nicht mehr.«

»Na gut, mir ist ehrlich gesagt auch der Appetit vergangen. Eigentlich wollte ich dich fragen, ob du vielleicht morgen Abend Zeit hättest? Da muss ich auf den kleinen Hund einer Nachbarin aufpassen und im Dunkeln mit ihm Gassi gehen. Ich hatte gehofft, dass du mich begleiten kannst.«

»Normalerweise immer, aber morgen ist ein Apothekertreffen angesagt, zu dem ich unbedingt hingehen muss.«

Als er Luisas enttäuschtes Gesicht sah, fügte er zerknirscht hinzu: »Tut mir leid!«

»Ach was, kein Problem. Das schaffe ich schon. Wahrscheinlich sind das doch alles bloß Hirngespinste.«

»Hoffentlich.« Ganz so überzeugt sah Felix nicht aus. Er küsste die Frau, in die er sich schon vor langer Zeit heftig verliebt hatte, zärtlich auf den Mund und verließ die Wohnung, nicht ohne versprochen zu haben, den Abend übermorgen nachzuholen. Dass es ganz anders kommen sollte, konnten die beiden zu diesem Zeitpunkt noch nicht wissen.

...

Schnellen Schrittes entfernte er
sich von seinem Beobachtungsposten, schritt zügig die Friedenstraße entlang, um am Ende rechts in die Schwarzwaldstraße abzubiegen.
Erst hier, als es bergab ging, verlangsamte er sein Tempo und ließ den Gedanken freien Lauf. Jetzt war der Zeitpunkt gekommen. Länger durfte er nicht warten, denn so wie es aussah, hatte sich diese Luisa einen Liebhaber zugelegt. Nicht auszudenken, wenn da mehr draus wurde. Nun war der Zeitpunkt gekommen. Morgen musste es geschehen. Im Kopf arbeitete er genauestens seinen Plan aus, während er in Richtung Stadtmitte lief, wo er in einer einfachen Bar ein kleines Zimmer gemietet hatte.

...

An diesem Morgen erwachte Luisa zum ersten Mal seit langem frisch und ausgeruht. Zwar war der Abend nicht ganz so befriedigend gewesen, wie sie es sich vorgestellt hatte, aber es hätte auch schlechter laufen können. Allerdings hatte sie Felix gegenüber ein schlechtes Gewissen, obwohl das Blödsinn sei, beruhigte sie sich. Im Großen und Ganzen konnte sie zufrieden sein, sie hatte ihm zu verstehen gegeben, was sie für ihn empfand und sie war sich seiner auch relativ sicher. Luisa lächelte glücklich vor sich hin und wollte gerade Annabelle wecken, als es klingelte. Ach du liebe Zeit, wer konnte das denn sein zu dieser frühen Stunde. Schon während sie die Wohnungstür öffnete, fiel ihr schlagartig ein, dass sie Frau Assmann vergessen hatte. Da stand die ältere Dame ihr auch schon gegenüber und lächelte Luisa freundlich an.

»Guten Morgen Frau Assmann«, begrüßte sie die Nachbarin und tat so, als ob sie diese erwartet hatte.

»Ach, sagen Sie doch einfach Emily zu mir. Wir kennen uns doch jetzt schon so lange.«

»Gerne, ich bin Luisa.«

»Gut«, erwiderte Frau Assmann strahlend. Inzwischen war sie eingetreten und hatte die Tür hinter sich geschlossen. Die Nachbarin streckte Luisa einen Schlüsselbund entgegen und erklärte: »Also, meine Patsy schläft meistens den ganzen Vormittag. Es reicht, wenn du meine Kleine heute Mittag nach der Arbeit rüber holst. Sie, äh, du müsstest allerdings dann kurz mit ihr Gassi gehen. Natürlich vor dem Kochen«, fügte sie etwas streng hinzu.

»Kein Problem«, lächelte Luisa. »Haben Sie das Hundefutter und alles bereitgestellt?«

»Natürlich. Ach herrje, jetzt habe ich vergessen, ihr Reisebett mitzubringen.«

Luisa musste bei dem Begriff „Reisebett" grinsen.

»Das macht nichts, ich nehme es dann mit, wenn ich Patsy hole.«

Erleichtert nickte Emily und Luisa sagte entschuldigend: »Frau As…., äh Emily, ich wünsche dir einen schönen Aufenthalt in Frankfurt. Ich muss mich jetzt aber ein bisschen beeilen, sonst komme ich zu spät zur Arbeit.«

»Natürlich, aber schön wird es wohl nicht werden, schließlich handelt es sich um eine Beerdigung.«

Bedauernd schaute Luisa die ältere Dame an. »Stimmt, tut mir leid, das hatte ich ganz vergessen.«

»Kein Problem, du hast ja auch viel um die Ohren.« Sie legte ihre Hand auf die Wange der Jüngeren und schaute diese besorgt an. »Du siehst zur Zeit etwas blass aus. Pass gut auf dich auf! Ich glaube, du hast den Tod deines Mannes noch nicht wirklich überwunden.«

Luisa musste schlucken. »Es geht mir langsam besser. Es ist nur so, dass ich ein paar Nächte nicht gut geschlafen habe, aber das wird schon wieder«, beruhigte Luisa die nette Frau.

Nachdem Emily gegangen war, atmete sie tief durch, schaute auf ihre Armbanduhr und bemerkte, dass es allerhöchste Zeit war, ihre Tochter aufzuwecken.

Kapitel 12

Berlin

Liane schaute sich in ihrer inzwischen ziemlich verwahrlosten Wohnung um. Seit ihr Mann gegangen war, war sie nervös und unruhig und bekam rein gar nichts mehr auf die Reihe. Auch ihr Aussehen hatte sie stark vernachlässigt. Mit Müh und Not gelang es ihr, den Kindern ein einigermaßen anständiges Mittagessen vorzusetzen. Aber manchmal, wenn sie keine Kraft zum Einkaufen hatte, gab es einfach nur Nudeln mit Soße. Sie selbst hatte schon einige Kilo abgenommen, war aber darauf bedacht, dass es Lars und Emma an nichts fehlte. Durch das Klingeln des Telefons wurde sie aus ihren düsteren Gedanken gerissen. Hastig sprang sie auf und nahm das Gespräch entgegen.

»Berger.«

»Hallo Liane, ich bin´s, Marlene. Hättest du vielleicht ein bisschen Zeit für mich? Ich bräuchte mal jemanden zum Reden.«

»Ja, klar, geht´s dir auch nicht gut?«

»Nein, überhaupt nicht. Ehrlich gesagt, ich weiß überhaupt nicht weiter.«

»Dann geht es dir so wie mir«, seufzte Liane.
»Dann komm doch am besten heute Nachmittag vorbei.«
»Alles klar, wann soll ich kommen?«
»Ich würde sagen, so gegen drei. Da haben wir dann schon gegessen.«
»Okay, super. Also bis dann.«

...

Maren und Sven saßen dem früheren Freund der Ermordeten in dessen Wohnzimmer gegenüber.

»Sie hatten also eine Beziehung mit Saskia Breuer«, begann Maren die Befragung, nachdem sie sich kurz in dem etwas schmuddeligen Raum umgeschaut hatte.

»Ja, aber wir haben uns vor einem halben Jahr getrennt.«

»Und warum, wenn ich fragen darf?«, wollte Sven wissen. Insgeheim dachte er, dass es nicht schaden würde, hier einmal richtig durchzulüften.

»Das geht Sie eigentlich überhaupt nichts an. Aber was soll´s? Wir passten einfach nicht zusammen. Das soll es geben.« Finster musterte Alexander Vollmer den Polizeibeamten.

»Haben Sie gewusst, dass ihre Freundin im Begleitservice gearbeitet hat?«, mischte sich Maren wieder ein.

»Äh, nun, also, als wir zusammen waren, hat sie das noch nicht getan. Das hätte ich auch gar nicht geduldet. Aber alles, was Saskia danach gemacht hat, geht mich nichts mehr an.«

»Okay, dann können Sie uns ja sagen, wo sie sich letzte Woche am Dienstagabend aufgehalten haben.«

»Wie jetzt? Verdächtigen Sie mich etwa?«, brauste Vollmer auf.

»Reine Routine«, antworteten die beiden Beamten wie aus einem Munde.

Resigniert erwiderte Alexander: »Ich war hier und zwar allein, so wie meistens. Schließlich bin ich Single.«

»Gut, das war es dann erst einmal.« Die Polizeibeamten erhoben sich und verließen nach einer knappen und recht kühlen Verabschiedung die Wohnung.

Draußen angekommen meinte Maren: »So, jetzt müssen wir noch die Kommilitonen von Saskia befragen. Wir haben bis jetzt schließlich nur mit Rike Schneider gesprochen. Das mit den Dozenten haben schon die Kollegen erledigt, aber leider keine der Studenten angetroffen.«

»Mir erscheint es allerdings viel wichtiger, zuerst die drei Männer, also die Kunden des BFAF zu befragen.«

Nachdenklich schaute die Kollegin ihn an. »Du hast Recht. Machen wir das zuerst. Das wären Volker Ahrend, Klaus Brecht und Anton Grabe.« Maren schaute sich die Nachrichten ihres Chefs auf ihrem Smartphone an und meinte: »Andreas hat mir die Adressen geschickt. Lass uns zuerst zu Anton Grabe fahren. Das ist hier ganz in der Nähe.«

Sven wollte gerade zustimmen, als das Handy der Kollegin klingelte. Stirnrunzelnd erkannte sie die Nummer des Präsidiums. Was wollten die denn jetzt?

»Hallo?«

»Andreas hier, kommt bitte sofort zurück. Wir haben eine zweite Leiche.«

»Okay, bis gleich.« Maren war blass geworden.

»Was ist passiert?«, fragte ihr Partner, nachdem sie aufgelegt hatte.

»Du wirst es nicht glauben. Es gibt eine neue Tote.«

Entsetzt sah Sven seine Kollegin an und setzte sich ohne weitere Worte ans Steuer. Alles andere musste jetzt warten.

...

Pünktlich um 15 Uhr traf Marlene bei Liane ein. Diese hatte zuvor Kaffee aufgesetzt und die Freundin wurde von dem köstlichen Duft empfangen. Gleich fühlte sie sich etwas wohler. Kurze Zeit später, nachdem die Reste des Mittagessens aufgeräumt waren, saßen sich die Freundinnen gegenüber.

»Was ist passiert«, brach es aus beiden gleichzeitig heraus. Nun mussten sie trotz allem lachen.

»Du zuerst«, meinte Marlene nun.

»Bei mir gibt es eigentlich nicht viel zu berichten. Markus ist mal wieder unterwegs, wegen irgendeinem Job, von dem ich keine Ahnung habe. Er lässt mich da vollkommen im Dunkeln, er erzählt rein gar nichts. Ich weiß nicht, ob das, was er tut illegal ist und ob er sich überhaupt noch in Deutschland befindet. Nichts hat er mir gesagt, außer, dass er ein paar Wochen weg sein wird und wir danach unsere Geldsorgen los wären. Und mich lässt er hier alleine mit den Kindern sitzen. Ich überlege mir wirklich, ob ich mich von ihm trennen und zu meinen Eltern aufs Land zurückgehen soll. Dort hätte ich wenigstens Unterstützung.«

Betrübt sah die Freundin sie an. »Das ist ja echt blöd. Ich weiß überhaupt nicht, was die Männer sich dabei denken. Das ist total rücksichtslos.«

Liane nickte. »Und was ist bei euch los?«

Marlene seufzte und holte tief Luft, bevor sie anfing zu erzählen. »Ich glaube, dass Matthias eine andere hat. Ständig ist er unterwegs und ich komme gar nicht mehr an ihn ran. Ich überlege mir auch, ob ich ihn verlassen soll. Ich weiß einfach nicht mehr weiter. Wenn er es wenigstens zugeben würde. Vielleicht betrügt er mich auch schon länger mit unterschiedlichen Frauen. Ich weiß es nicht, aber vermute es schon seit einiger Zeit. Außerdem hat er sich vollkommen verändert.«

Empört schaute Liane ihre Freundin an. »Was denkt der sich eigentlich. Er hat so eine hübsche Frau und ist selbst so ein Kotz.....«

»Er hat also Recht, dass du so von ihm denkst?« Nun schaute Marlene sie empört an und vergessen war, dass sie eigentlich ziemlich sauer auf ihren Mann war.

»Nun ja«, wollte sich Liane rausreden, wurde aber von lauten Stimmen im Kinderzimmer abgelenkt. Die beiden Kleinen stritten schon eine ganze Weile. Gerade wollte sie weitersprechen, als ein lauter Knall ertönte und kurzfristig kein Ton mehr aus dem angrenzenden Zimmer drang, bis schließlich ein lautes Geschrei ertönte. Hastig sprang Liane auf und rannte, gefolgt von Marlene hinüber. Emma, die von ihrem Bruder geschubst worden war, hatte das Gleichgewicht verloren und war mit dem Kopf auf den Bettrand aufgeschlagen. Entsetzt nahm Liane ihre Tochter in den Arm, tröstete diese und versuchte Ruhe zu bewahren. Inzwischen war deutlich eine große Beule am Hinterkopf zu spüren.

»Es tut mir leid, aber wir müssen unser Treffen ein anderes Mal fortsetzen. Ich gehe lieber mal mit ihr in die Klinik, nicht, dass sie noch eine Gehirnerschütterung hat.«

Emma hatte sich inzwischen wieder beruhigt, war aber beängstigend still. Vergessen war bei Marlene der Ärger auf ihre Freundin, schließlich war es ja tatsächlich so gewesen, dass ihr Mann sich immer ziemlich befremdlich bei ihren gemeinsamen Treffen verhalten hatte. Deshalb schlug sie vor: »Weißt du was, ich gehe mit und fahre euch. Dann kannst du dich mit deiner Tochter hinten ins Auto setzen und dich um sie kümmern.«

Dankbar schaute Liane sie an und wandte sich in strengem Ton an Lars: »Und du, mein Freund, machst dich fertig und kommst mit. Schließlich kann ich dich hier nicht alleine lassen. Und keinen Ton möchte ich von dir heute noch hören. Schließlich bist du der Ältere und ich kann erwarten, dass so etwas nicht passiert.«

Trotzig schaute der Sohn seine Mutter an. Er fühlte sich ungerecht behandelt, schließlich war seine Schwester meistens ziemlich nervig. Außerdem hatte er das nicht mit Absicht gemacht. Er hatte sie nur leicht von sich weggedrückt. Lars sagte aber nichts und folgte den Anweisungen seiner Mutter. Marlene, die das Ganze verfolgt hatte, beneidete ihre Freundin um die Kinder. Wenn sie auch eines hätte, dann wäre es ihr egal, was Matthias so treiben würde, denn schließlich hätte sie dann eine Aufgabe. Aber der Zug war wohl endgültig abgefahren, zumindest mit ihrem Mann. Ihre biologische Uhr tickte mit ihren achtunddreißig Jahren, das wurde ihr immer mehr bewusst.

Inzwischen waren alle angezogen und sie verließen zusammen das Haus.

...

Andreas Gerloff ging wie immer, wenn es einen neuen Fall gab, ruhelos vor der Magnettafel auf und ab. So konnte er sich besser konzentrieren. Die „Soko Saskia" hatte sich vollständig im Besprechungsraum versammelt. Im Moment zeigte der Chef gerade mit einem langen Stock auf das Bild der Toten und klärte das Team auf: »Das neue Opfer heißt Franziska Scherer, 28 Jahre alt, und ist ebenfalls Studentin, allerdings keine Medizinstudentin. Die Leiche wurde im Park Gleis Dreieck von einem Hundespaziergänger gefunden. Wir müssen zwar erst die DNA abwarten, aber es gibt keinen Zweifel, dass es sich um den gleichen Mörder handeln muss. Die Verletzungen sind so identisch, dass ein Nachahmungstäter dies nicht hätte so vollziehen können. Frau Scherer wurde ungefähr um die gleiche Tageszeit wie die anderen Frauen ermordet, nämlich zwischen 22 Uhr und 24 Uhr. Ebenfalls an einem Dienstag.«

»Was wissen wir über das Opfer?«, fragte Sven.

»Ihre Wohnung befindet sich in der Wartenburgstraße und sie studierte an der Technischen Universität Betriebswirtschaftslehre.«

»War sie auch im Begleitservice tätig?«, unterbrach Maren ihn.

»Ja, genau, das wollte ich gerade sagen. Sie arbeitete ebenfalls dort, in der gleichen Agentur, zumindest zeitweise, wenn es ihr Studium zuließ.

Wie gesagt studierte sie Betriebswirtschaftslehre.«

»Also können wir nicht davon ausgehen, dass der
Täter auf Medizinstudentinnen aus ist«, mischte
sich nun Sven ein.

»Nun, die erste Tote vor drei Jahren hat auch Medizin studiert. Aber vielleicht war das dann auch
Zufall«, entgegnete Andreas nachdenklich.
»Lange Rede, kurzer Sinn.« Ihm stand schon wieder der Schweiß auf der Stirn, so dass mancher
der Anwesenden dachte, der Chef sollte sich mal
in ärztliche Behandlung begeben und nach seinem Blutdruck schauen lassen. Denn wirklich ge-
sund sah er nicht aus mit seinem hochroten Kopf.
Sie wurden aber sogleich wieder aus ihren Gedanken gerissen, als Andreas die anliegenden Aufgaben verteilte. Zwei Beamte schickte er noch einmal in die Universitätsklinik zur Befragung der Dozenten und Kommilitonen von Saskia Breuer. Vier
Kollegen bekamen die Aufgabe, zwei Männer, mit
denen Saskia ausgegangen war, zu befragen. Nun
wandte er sich an Sven und Maren: »Ihr geht zu
Anton Grabe. Das ist der dritte Mann, der unser
Opfer ab und zu gebucht hatte.«
Gebucht hatte, wie sich das anhört, dachte Maren, murmelte aber vor sich hin: »Das wollten wir
gerade tun, als wir hierher beordert worden
sind.«

Ob Andreas das gehört hatte, war ihm nicht anzumerken, er fuhr fort, ohne ihr Beachtung zu schenken: »Zuerst sucht ihr die Uni von Franziska Scherer auf, da dort am Abend niemand mehr anzutreffen ist und anschließend beleuchtet ihr das direktes Umfeld. Also, Eltern, Nachbarn, ihre Freundinnen und Beziehungen. Eben alles, was ihr bis heute Nacht schafft.«

Damit gab er ihnen zu verstehen, dass an Feierabend gar nicht zu denken war. Die beiden seufzten, aber der Inspektionsleiter des Polizeipräsidiums war schon dabei Rechercheangelegenheiten an die anderen Polizeibeamten zu verteilen. Den Schweiß von der Stirn wischend verließ er dann den Raum, aber nicht, ohne sich noch einmal umzudrehen und die Anwesenden mit den Worten „Lasst euch nicht aufhalten" zu ermahnen.

Kurz herrschte Schweigen, bis schließlich ein allgemeines Gemurmel ertönte und die Beamten sich in alle Richtungen verteilten.

Kapitel 13

Pforzheim

Gutgelaunt ging Luisa nach der Arbeit, nachdem sie ihre Tochter vom Kindergarten abgeholt hatte, zu dem Mehrfamilienhaus, in dem Emily Assmann wohnte. Das Gebäude war nur drei Häuser von ihrer eigenen Wohnung entfernt.

Die gute Laune kam daher, weil sie heute Morgen von Felix überschwänglich und liebevoll begrüßt worden war. Sie selbst war jetzt ebenfalls offen für eine Beziehung und sah der Zukunft voller Erwartung entgegen. Ihre gute Laune schien sich auch auf Annabelle zu übertragen. Diese hüpfte freudig auf dem Gehweg von einem Bein aufs andere. Die Kleine freute sich riesig auf das Hündchen. Als die beiden die Wohnung im Erdgeschoss betraten, rannte ihnen Patsy aufgeregt kläffend und schwanzwedelnd entgegen. Schließlich war die Hündin normalerweise nicht so viele Stunden allein. Da der Chihuahua Luisa und Annabelle kannte, schien er kein Problem damit zu haben, von ihnen mitgenommen zu werden. Wie versprochen, schlenderten sie zuerst in die entgegengesetzte Richtung, damit Patsy ihr Geschäft verrichten konnte. Es war nicht weit bis zur nächsten kleinen Grünfläche und Luisa musste über ihre

Ängste lächeln, dies heute am Abend im Dunkeln erledigen zu müssen.

»So, jetzt reicht es. Wir wollen ja nicht verhungern«, wandte sie sich an Annabelle. »Ich brauche auch noch etwas Zeit zum Kochen.«

»Gibt´s Pfannkuchen? Du hast es versprochen«, wurde Luisa fragend von ihrer Tochter angeschaut.

»Ja, klar, Versprechen muss man halten.«

Das ließ sich die Kleine nicht zweimal sagen und trat so schnell den Rückweg an, dass ihre Mutter mit dem Hund alle Mühe hatte, hinterher zu kommen.

Nachdem die beiden gegessen hatten, räumte Luisa die Küche auf und warf ab und zu einen Blick ins Wohnzimmer. Annabelle hatte sich neben den kleinen Hund auf den Boden gesetzt und dieser ließ sich ausgiebig von ihr kraulen. Dazu hatte sich Patsy auf den Rücken gelegt und streckte alle vier Beine nach oben. Vielleicht können wir den Hund öfter mal holen, überlegte sich Luisa. Sie hatte ein schlechtes Gewissen, weil ihre Tochter sich schon so lange einen kleinen Hund wünschte. Fast wären sie bereit gewesen, ihr einen zu kaufen, als dann das mit Paul passiert war. Luisa riss sich von dem herzerweichenden Anblick los, um ihre Freundin anzurufen.

»Büttner.«

»Hi Sabine, wollte mich mal melden.«

»Freut mich, wie geht es dir?«

»Sehr gut.«

»Echt, sag bloß, du hast……«

»Ja, ich habe deinen Rat befolgt.«

»Das finde ich super.«

»Habt ihr denn schon eine Nacht zusammen verbracht?«

»Na, da hat uns leider meine Tochter einen Strich durch die Rechnung gemacht, aber das läuft uns ja nicht davon.«

»Verstehe. Du hast Recht, ihr habt alle Zeit der Welt.«

»Stimmt. Übrigens, Sabine, hättest du vielleicht Lust heute Abend mit mir und dem Hund einen Spaziergang zu machen?«

»Mit was für einem Hund?«, fragte die Freundin lachend. »Habe ich was verpasst?«

»Nein, Patsy gehört meiner Nachbarin und sie ist nur eine Nacht bei uns, weil diese auf eine Beerdigung nach Frankfurt musste. Es ist auch eigentlich gar kein richtiger Hund.«

»Wie soll ich das denn verstehen?«, wollte die Freundin erstaunt wissen.

»Nun es ist nur ein ganz kleines Hündchen, sozusagen ein Taschenhund.«

»Ach so«, schmunzelte Sabine. »Aber leider kann ich heute Abend nicht, denn ich habe ein Date.«

»Wirklich? Toll! Wer ist es denn? Wie heißt sie?«

»Das verrate ich dir, wenn es ernst wird.«

»Alles klar«, gab sich Luisa geschlagen, »dann gedulde ich mich noch eine Weile.«

Sabine schien gerade etwas eingefallen zu sein, denn sie sagte erschrocken: »Bin ich blöd, du hast sicherlich Angst nachts alleine Gassi zu gehen. Stimmt´s? Fühlst du dich denn immer noch beobachtet?«

»Blödsinn«, erwiderte Luisa etwas zu schnell. »Mir ist nichts mehr aufgefallen. Mach dir keinen Kopf. Schließlich muss ich nicht durch einen Wald laufen, sondern nur hier die Straße entlang«, lachte sie etwas zu laut.

»Das nicht, aber bei dir in der Straße ist es schon etwas einsam«, machte sich die Freundin nun doch Sorgen.

Eine Weile sprachen sie noch über Belangloses, bis Sabine einfiel, dass sie noch etwas erledigen musste und die beiden verabschiedeten sich, nicht ohne sich zu versprechen, bald wieder etwas miteinander zu unternehmen. Sie konnten nicht wissen, dass sie sich heute doch noch sehen würden.

»Aber dann möchte ich alles von deinem Date wissen«, musste Luisa noch loswerden, bevor sie das Gespräch beendete.

Berlin

Maren und Sven standen mit Anton Grabe in dessen Diele. Dieser machte keine Anstalten, die Beamten ins Wohnzimmer zu bitten. Er trug einen teuren, so wie es aussah, maßgeschneiderten Anzug, ein weißes Hemd und eine geblümte Krawatte und hatte eine arrogante Ausstrahlung. Nachdem er erfahren hatte, um was es ging, wurde er etwas nervös und sagte mit gedämpfter Stimme: »Hören Sie, meine Frau kann jeden Moment kommen. Sie muss das nicht unbedingt erfahren. Es ist nämlich so, ja, ich habe oft um die Begleitung von Saskia gebeten, aber das hat seinen Grund. Ich habe viele wichtige geschäftliche Termine und meine Frau zeigt überhaupt kein Interesse, mich dorthin zu begleiten. Außerdem hat sie gesundheitliche Probleme und ich wollte ihr das einfach ersparen. Und da meine Frau diesen Geschäftspartnern völlig unbekannt ist, dachte ich mir, ich nehme einfach eine hübsche junge Hostess mit. Das wirkt sich gut aufs Geschäft aus, wenn Sie wissen, was ich meine?«

»Nein«, antwortete Maren, »ich weiß nicht, was Sie meinen. Hatten Sie auch ein sexuelles Verhältnis mit Saskia Breuer?«

»Nein, um Himmels willen, ich habe Ihnen das doch gerade erklärt. So war es und nicht anders. Es ging mir nur um den schönen Anblick und die nette Begleitung.«

»Wenn das so ist«, mischte sich nun Sven ein, »dann kann Ihre Frau doch auch ruhig davon erfahren.«

»Es geht ihr im Moment nicht so gut. Wahrscheinlich hätte sie gar kein Problem damit, aber ich möchte es, wenn möglich, vermeiden. Und ich möchte Sie bitten, das zu respektieren. Schließlich bin ich kein Verbrecher. Es tut mir sehr leid, was mit Saskia passiert ist, aber ich habe nichts damit zu tun.«

»Gut, Herr Grabe, wann hatten Sie zuletzt Kontakt mit ihr?«

»Das ist schon ungefähr vier Wochen her. Das werden Sie doch sicherlich auch von der Agentur erfahren haben.«

»Das stimmt, aber es hätte ja sein können, dass Sie Frau Breuer später noch einmal privat getroffen haben.«

»Nein, das habe ich nicht«, erwiderte Herr Grabe, inzwischen schon leicht aggressiv.

»Wenn das so ist, dann haben Sie auch kein Problem, morgen früh aufs Polizeirevier zu kommen.«

»Sie verdächtigen mich also tatsächlich. Das ist ja wohl die Höhe. Natürlich habe ich was dagegen, ich müsste deswegen einen wichtigen Geschäftstermin absagen.«

Als er aber sah, dass die beiden ihn nur ausdruckslos anschauten, meinte er: »Okay, okay, ich werde da sein.«

Auf dem Weg zum Auto meinte Maren: »Was für ein arroganter Mensch.«

Sven nickte bestätigend. »Dem würde ich echt zutrauen, dass er die Studentin umgebracht hat. Vielleicht hat sie ihn erpresst und wollte alles seiner Frau sagen. Man hat gesehen, was für eine Angst er davor hat, dass sie es erfahren könnte. Und deswegen hat er sie vielleicht umgebracht. So kann ich mir das vorstellen«, fügte Sven noch hinzu.

»Das wäre eine Möglichkeit, aber irgendwie glaube ich nicht, dass der sich die Finger schmutzig machen würde. Ob ihm so viel an seiner Frau liegt, sei auch mal dahingestellt«, meinte Maren nachdenklich.

»Dann kommt noch dazu, dass wir ja noch eine Tote haben. Wie auch immer. Wir werden sehen.

Morgen muss er seine DNA abgeben. Jetzt müssen wir zu den Eltern von Franziska Scherer gehen. Hoffentlich sind sie vernehmungsfähig? Wenigstens sollten wir die Namen von den engsten Freunden der Toten erfahren, damit wir weiterkommen.«

»Alles klar.« Sven hatte inzwischen die Fahrertür geöffnet und Maren ließ sich erschöpft auf den Beifahrersitz fallen.

»Wann wirst du mir endlich verraten, was der Chef dir ins Ohr geflüstert hat?«, wollte sie von ihrem Kollegen wissen, als er sich neben ihr nieder gelassen hatte.

»Sagen wir mal so, wenn der Fall gelöst ist, dann vielleicht«, meinte er augenzwinkernd und war dabei viel besser gelaunt, als noch vor ein paar Tagen.

Maren zuckte zusammen als die neu ausgewählte Musik auf ihrem Handy ertönte. Den lästigen Klingelton hatte sie dagegen eingetauscht, aber da sie es noch nicht gewohnt war, erschrak sie etwas. Nach einem Blick auf das Display seufzte sie: »Was will denn der Chef schon wieder?«, und nahm das Gespräch entgegen.

Andreas ließ sie gar nicht zu Wort kommen und rief ihr laut entgegen: »Wir haben einen DNA-Treffer im Fall von Franziska Scherer. Und es gibt eine Übereinstimmung. Und zwar handelt es sich dabei um einen Matthias Lichtenstein Er war in jungen Jahren straffällig geworden. Jugendsünden sozusagen. Deswegen ist er aktenkundig. Und jetzt kommt´s. Kurz vor dem Todeszeitpunkt hatte er noch sexuellen Kontakt mit der Studentin. Ich schicke euch die Adresse. Fahrt also direkt dorthin und nehmt ihn vorläufig fest.«

Verblüfft schaute Maren, nachdem sie das Gespräch beendet hatte, ihren Kollegen an.

»Das ging ja jetzt mal fix, wir haben einen DNA-Treffer. Und da müssen wir jetzt hinfahren. Alles andere muss warten. Dieser Mann ist zumindest im Fall von Franziska Scherer im Moment der Hauptverdächtige.«

»Okay, dann nix wie hin. Alles Weitere kannst du mir unterwegs erzählen.«

...

Noch in Gedanken versunken von der letzten Auseinandersetzung mit ihrem Mann öffnete Marlene die Tür. Sie hatte sich zwar gewundert, als es klingelte, da sie niemand erwartete, aber machte sich keine weiteren Gedanken darüber. Nun sah sie den Mann und die Frau vor ihrer Haustür fragend an. »Guten Tag, wir sind von der Mordkommission und müssen mit Herrn Matthias Lichtenstein sprechen? Ist das Ihr Mann? Ist er zu Hause?«

Entsetzt und verstört schaute Marlene die beiden an und druckste etwas herum: »Ja, hm, ja, doch, kommen Sie herein. Um was geht es denn?«

»Das müssen wir ihm selbst sagen.«

Matthias war inzwischen ebenfalls in der Diele angekommen und schaute die Polizeibeamten skeptisch an. Nachdem sich die beiden auch ihm vorgestellt hatten, fragte er: »Was kann ich für Sie tun? Ich habe doch nichts verbrochen, oder?«

Maren erwiderte: »Herr Matthias Lichtenstein, Sie sind vorläufig festgenommen. Wegen des Verdachts des Mordes an Franziska Scherer.« Sie klärte ihn über seine Rechte auf, dass er das Recht habe zu schweigen und sich einen Anwalt zu nehmen.

»Das ist ja wohl… Sie sind ja nicht ganz dicht«, entfuhr es ihm. »Was soll ich gemacht haben? Ich kenne diese Frau gar nicht.«

»Dafür gibt es Beweise, dass Sie sich sogar sehr gut gekannt haben«, antwortete Sven.

Plötzlich ertönte ein Schrei aus dem Wohnzimmer, in das Marlene zuvor gegangen war. Sie hatte alles mitgehört. Als Maren nun den Raum betrat, sah sie Frau Lichtenstein in die Ecke gekauert sitzend, die Hände vors Gesicht geschlagen und laut vor sich hin schluchzend. Die Kommissarin eilte zu ihr, ging in die Hocke und legte ihr die Hand auf die Schulter.

»Beruhigen Sie sich. Ich lasse sofort jemand vom psychologischen Dienst kommen«, tröstete sie die Frau. »Bitte kommen Sie doch mit, wir setzen uns aufs Sofa«, versuchte die Beamtin auf Marlene einzuwirken. Aber diese schüttelte nur den Kopf.

Deshalb fragte Maren: »Gibt es vielleicht noch jemand, den ich benachrichtigen kann?«

Marlene hob das Gesicht und stammelte: »Ja bitte, Liane, meine Freundin.«

Jetzt kam auch Matthias, gefolgt von Sven ins Zimmer, stürzte zu seiner Frau, bückte sich, schlang seine Arme um sie, zog sie fest an sich und sagte: »Bitte, du musst mir glauben, das war ich nicht.«

Aber Marlene schaute ihn nur ausdruckslos an. Er erhob sich, wandte sich an die Polizisten und sagte: »Am besten, Sie rufen ihre Freundin an. Hier ist die Nummer von Liane Berger: 333198.«

Maren tippte die Nummer in ihr Handy und entfernte sich in die Diele, um in Ruhe telefonieren zu können. Man hörte sie dort leise sprechen und als sie zurückkam äußerte sie sich, indem sie Marlene anschaute: »Ihre Freundin ist in wenigen Minuten hier und die Psychologin wird ebenfalls bald eintreffen. Ich werde so lange bei Ihnen bleiben.« Und in Richtung ihres Kollegen fuhr sie fort: »Du kannst schon mal mit Herrn Lichtenstein aufs Revier fahren und mich dann wieder abholen.«

»Alles klar«, meinte dieser und fesselte dessen Hände mit Kabelbinder.

Kapitel 14

Pforzheim

Der Mann saß auf einer Bank unter einem großen schattenspendenden Baum im Benckiserpark und schaute dem jungen Paar, das Hand in Hand in seine Richtung schlenderte, erwartungsvoll entgegen. Als die beiden nahe genug bei ihm waren, sprach er sie an: »Entschuldigung, können Sie mir vielleicht helfen? Ich habe keine Ahnung, wer ich bin und was ich hier mache.«

Ratlos schauten die jungen Leute den etwa 40-jährigen Mann an. Dieser sah nicht ungepflegt aus und machte auch nicht den Eindruck, dass er alkoholisiert war.

»Ach du liebe Zeit«, äußerte sich die Frau. »Sie wissen überhaupt nichts?«

Bekümmert schüttelte ihr Gegenüber den Kopf. Jetzt mischte sich der junge Mann ein: »Ich kann eigentlich nur den Krankenwagen rufen. Ansonsten fällt mir nichts ein. Vielleicht haben Sie ja ihr Gedächtnis verloren.« Fragend schaute er seine Begleiterin an und überlegte sich, ob der Mann denn in diesem Alter schon dement sein könnte. Er wusste es nicht. Seine Freundin zuckte mit den Schultern, zog ihr Handy aus der Tasche und wählte mit dem Einverständnis des Betroffenen den Notruf.

Die beiden blieben bei dem Verwirrten, bis der Krankenwagen eintraf. Die Sanitäter stellten schnell fest, dass der Patient körperlich unversehrt war, sich aber an gar nichts erinnern konnte. Deshalb nahmen sie ihn mit, nachdem sie sich bei dem jungen Pärchen vergewissert hatten, dass ihnen der Fremde vollkommen unbekannt war.

Im Klinikum waren Oberarzt Dr. Reisinger und der Stationsarzt Jürgen Baumeister in eine Unterhaltung vertieft.

»Ich habe soeben die Polizei verständigt. Irgendwo muss dieser Mann ja herkommen.« Reisinger deutete auf die Zimmertür, hinter der sich der Mann befand, der orientierungslos im Park gefunden worden war.

»Ich denke, er leidet unter einer Amnesie. Wir müssen natürlich zunächst alles andere ausschließen. Führen Sie alle erforderlichen Untersuchungen durch.« Mit einem Blick auf die Uhr fuhr er fort: »Am besten zuerst ein MRT. Schauen Sie, dass wir einen schnellen Termin bekommen.«

»Mach ich, die Blutproben sind schon im Labor«, entgegnete Baumeister.

»Gut, ich gehe dann mal in mein Zimmer, ich denke, die Polizeibeamten werden demnächst hier eintreffen.« Er wollte sich gerade abwenden, als eine Krankenschwester schnellen Schrittes auf die beiden zukam. Sie war zuvor aus dem Zimmer des Unbekannten gekommen.

»Dr. Reisinger, ich habe hier etwas gefunden. Dabei wedelte sie mit einem Gegenstand, der wie irgendein Ausweis aussah, in der Luft herum. Stirnrunzelnd und fragend schauten die Ärzte die junge Frau an.

»Es ist so«, begann diese aufgeregt. »Zunächst dachten wir, dass der Mann keine Papiere bei sich hat. Nun hat er aber selbst diesen Büchereiausweis aus seiner Hosentasche gezogen.«

Nach diesen Worten bekam Schwester Melanie die volle Aufmerksamkeit ihrer Gegenüber. Baumeister nahm das zusammengefaltete Papier entgegen, klappte es auseinander und las laut den Namen vor, der darauf vermerkt war:

»Paul Kessler.«

»Nun, das erleichtert natürlich einiges.« Zufrieden begab sich Reisinger in sein Arztzimmer und wartete auf die Polizeibeamten.

...

Schweren Herzens erhob sich Luisa, rief nach Patsy und nahm die Leine vom Haken, der eigentlich für Schlüssel gedacht war. Sofort kam der Chihuahua angerannt und hüpfte vor Freude an ihr hoch.

»Na, du bist ja ein ganz Wilder, wenn's drauf ankommt«, flüsterte sie, da Annabelle im Zimmer daneben schlief. Unten angekommen öffnete Luisa die Tür, trat zögernd aus dem Haus und schaute vorsichtig nach allen Seiten. Rein gar niemand war zu sehen. In fast allen Häusern brannte Licht und man konnte meinen, dass die Bewohner heute lieber zu Hause bleiben wollten. Luisa schüttelte über sich selbst den Kopf. Vielleicht litt sie ja doch unter Verfolgungswahn. Schnell eilte sie nach rechts, die Friedenstraße entlang und zog den Hund hinter sich her. Das gefiel diesem überhaupt nicht, da er lieber schnuppern wollte. Plötzlich riss eine schwarzgekleidete Person direkt neben ihr das Gartentor auf und sprang auf sie zu. Luisa kreischte los.

»Um Himmels willen Frau Kessler, habe ich Sie erschreckt?«

Erst jetzt erkannte sie den Sohn der Nachbarn, die drei Häuser von ihr entfernt wohnten. Wahrscheinlich wollte er joggen gehen.

»Ach herrje, Manuel, ich habe dich nicht erkannt. Tut mir leid.«

»Mir tut es leid, schönen Abend noch«, und weg war er.

»Jetzt reiß dich mal zusammen«, zischte Luisa vor sich hin und ging betont langsam weiter die Straße entlang. Auf einmal kläffte Patsy los, weil sie irgendetwas gesehen hatte und Luisa konnte es nicht vermeiden, schon wieder zusammenzuzucken. Morgen werde ich mir endgültig einen Termin beim Psychiater geben lassen, nahm sie sich fest vor. Endlich war sie an dem Baum angekommen, der von einer kleinen Grünfläche umgeben war, und entspannte sich ein bisschen. Hier war die Beleuchtung durch die Straßenlampen etwas besser. Sie ließ dem Hund zehn Minuten Zeit, sein Geschäft zu verrichten, dann ging sie schnellen Schrittes mit Patsy zurück. Länger wollte sie auch ihre Tochter nicht allein lassen. Sie war fast Zuhause angekommen, als sie zwei Männer sah, die direkt auf ihr Haus zugingen. Zögernd näherte sich Luisa den beiden und wollte gerade fragen, zu wem sie denn wollten, als der eine ihr zuvorkam. »Sind Sie Frau Kessler?«

»Ja«, kam die unsichere Antwort.

»Wir sind von der Kriminalpolizei Pforzheim. Mein Name ist Klaus Barth und das ist mein Kollege Kevin Behnke.«

Luisa schlug sich die Hand vor den Mund, da ihr erster Gedanke Annabelle galt.

»Um Himmels willen, ist was mit meiner Tochter?«

»Nein, wie kommen Sie darauf? Jetzt beruhigen Sie sich doch«, sagte Herr Barth.

»Entschuldigen Sie, aber ich fühle mich seit einiger Zeit beobachtet und verfolgt«, konnte sich Luisa nun doch nicht verkneifen zu sagen.

»Verfolgt?«, fragten die Beamten wie aus einem Munde.

»Kommen Sie, lassen Sie uns doch bitte ins Haus gehen«, schlug Kevin Behnke vor. »Wir müssen Ihnen etwas mitteilen.«

Erschrocken sah Luisa die beiden Männer an.

»Können Sie sich denn ausweisen«, wollte sie nun wissen.

»Natürlich, Entschuldigung, das hatte ich ganz vergessen«, sagte Barth und hielt ihr seinen Ausweis entgegen. Sein Kollege tat es ihm gleich. Luisa wusste nicht, wie so ein Polizeiausweis auszusehen hat, wollte sich aber auch nicht komplett blamieren, deshalb bat sie die Beamten, ihr zu folgen.

Gleich nachdem Luisa die Diele ihrer Wohnung betreten hatte - die Hundeleine ließ sie einfach aus der Hand gleiten -, fragte sie aufgeregt: »Was ist passiert? Was wollen Sie von mir?«

»Es ist nichts Schlimmes passiert, im Gegenteil. Beruhigen Sie sich«, versuchte Klaus Barth die Situation zu entschärfen. »Dennoch sollten Sie sich setzen, denn es ist nicht so einfach zu erklären und wird schon ein Schock für Sie sein, wenn auch wahrscheinlich im positiven Sinne.«

Verwirrt schaute Luisa den Polizeibeamten an, ging dann aber schnellen Schrittes ins Wohnzimmer, nachdem sie die beiden Männer gebeten hatte mitzukommen.

Nachdem Luisa auf dem Sessel und Klaus und sein Kollege gegenüber auf der Couch Platz genommen hatten, räusperte sich Kevin Behnke: »Es ist schwierig, das zu erklären.« Er sah auch nicht sehr glücklich aus mit seiner Aufgabe. »Ihr Mann ist ja angeblich letztes Jahr in der Nordsee ertrunken.....«

»Was heißt hier angeblich«, unterbrach Luisa ihn.

»Nun ja«, druckste er herum. »Diese Information war erfreulicherweise falsch.«

Fassungslos schaute Luisa ihn an. »Wie meinen Sie das?«

Nun mischte sich Klaus ein. »Er wurde heute im Benckiserpark gefunden. Anscheinend hat er sein Gedächtnis verloren.«

In Luisas Kopf wirbelte alles durcheinander. »Das kann doch gar nicht sein.«

»Mehr können wir Ihnen leider im Moment nicht sagen. Am besten, Sie fahren ins städtische Klinikum und sprechen mit Dr. Reisinger. Das ist der Oberarzt, der ihren Mann behandelt. Er erwartet Sie.«

»Aber wie kommen Sie denn darauf, dass das mein Mann sein soll?«

»Er hatte einen Büchereiausweis dabei, der auf seinen Namen ausgestellt ist.

Ansonsten war er ohne Tasche oder Gepäck.«

Wie betäubt saß Luisa da. Sie meinte im falschen Film zu sein. Das konnte doch gar nicht sein. Nach kurzem Schweigen erhoben sich die Polizisten und Klaus fragte: »Kommen Sie zurecht oder soll ich psychologische Hilfe anfordern?«

»Nein, danke, ich werde meine Mutter anrufen. Ich kann erst weg, wenn jemand hier ist, weil meine kleine Tochter nebenan in ihrem Zimmer schläft.«

»Gut, dann dürfen wir uns verabschieden. Alles Gute für Sie!«

»Danke«, erwiderte Luisa tonlos ohne aufzustehen.

»Bleiben Sie ruhig sitzen. Wir finden den Weg«, meinte Kevin freundlich und entfernte sich zusammen mit Barth Richtung Haustür.

Luisa konnte später nicht mehr genau sagen, wieviel Zeit vergangen war, bis sie schließlich aufstand und zum Telefon schwankte. Sie konnte kaum klar denken. Alles Mögliche ging ihr durch den Kopf. Gerade war sie dabei, sich endlich auf einen neuen Mann einzulassen. Gleich darauf bekam sie ein schlechtes Gewissen, weil sie eigentlich vor Freude außer sich sein müsste, dass Paul noch lebte. Auf der anderen Seite konnte sie das erst glauben, wenn sie ihm gegenüberstand. Es blieb ihr also nichts anderes übrig, als so schnell wie möglich ins Krankenhaus zu gehen. Inzwischen hatte sie schon die Nummer ihrer Mutter gewählt und wunderte sich, warum diese sich nicht meldete. Hörte sie es vielleicht nicht, weil sie so tief schlief? Seufzend drückte Luisa die rote Taste, um die Verbindung zu trennen. Nach kurzer Überlegung wählte sie die Nummer ihrer Freundin. Vielleicht war diese schon wieder zurück von ihrer Verabredung. Sie hatte Glück, nach dem dritten Klingeln nahm Sabine das Gespräch entgegen. Da sie an der Nummer erkannt hatte, wer sie anrief, meldete sie sich mit den Worten: »Hallo Schätzchen, was ist passiert?«
Nun konnte Luisa die Tränen nicht mehr zurückhalten und schluchzte ins Telefon: »Bitte, du musst sofort zu mir kommen und bei Annabelle

bleiben. Ich muss ins Krankenhaus und kann meine Mutter nicht erreichen.«

Sabine erschrak heftig. »Um Himmels willen. Was ist mit dir?«

»Mit mir ist nichts.« Sie erzählte ihrer Freundin kurz und knapp die ganze Geschichte. Als sie von der anderen Seite nichts mehr hörte, fragte sie: »Sabine? Bist du noch da?«

»Ja, entschuldige, aber ich bin total geschockt. Ich bin gleich bei dir«, antwortete sie und stellte ihr Telefon in die Station, ohne eine Antwort abzuwarten.

Tatsächlich war Sabine zehn Minuten später bei ihrer Freundin und nahm diese tröstend in die Arme.

»Ich würde dich gerne begleiten. Hast du denn noch einmal versucht deine Mutter zu erreichen?«

»Ja, aber da ist nichts zu machen. Bitte versuche es doch weiterhin und erkläre ihr alles. Wenn sie dann noch kommen sollte, kannst du ja zu mir ins Krankenhaus kommen.«

Sabine nickte zustimmend und schaute Luisa bekümmert nach, als diese die Wohnung verließ.

Kapitel 15

Berlin

Im Verhörraum saßen Sven und Maren Matthias Lichtenstein gegenüber. Sven hatte das Aufnahmegerät eingeschaltet und begann nun mit der Befragung: »Herr Lichtenstein, was haben Sie uns zu sagen? Sie werden beschuldigt, Franziska Scherer ermordet zu haben.«

Matthias, der auf einen Anwalt verzichtet hatte, weil er es nicht für nötig hielt, da er seine Unschuld beteuerte, reagierte heftig auf die Anschuldigung: »So ein Quatsch, ich gebe ja zu, das wollte ich vor meiner Frau nicht sagen, dass ich ein Verhältnis mit ihr hatte, aber ich habe sie doch nicht umgebracht.«

»Wie lange ging die Beziehung mit Frau Scherer schon?«, wollte Maren wissen. »Und wie kam es dazu? Wo haben Sie sich kennengelernt?«

Matthias schien sich etwas beruhigt zu haben. »Das erste Mal, das war ungefähr vor drei Monaten, da habe ich diese Agentur aufgesucht. Ich habe schließlich meine Bedürfnisse und meine Frau hat mir eben im Moment nicht genügt.

Eine Prostituierte wollte ich nicht, deshalb habe ich gedacht, ich mache mir einen netten Abend und mal sehen, was draus wird. Da bin ich dann an Franziska geraten. Sie hat mich mit ihrer Schönheit total geblendet und anscheinend fand sie sich auch von mir angezogen. Wir sind an diesem Abend ausgegangen und ich habe dafür bezahlt. Im gegenseitigen Einvernehmen haben wir schließlich beschlossen, uns privat zu treffen. So hat das Ganze begonnen. Es war zwar keine Liebe, aber ein bisschen verliebt hatte ich mich schon und vor allem hatten wir guten Sex. Es war ein gewisser Ausgleich zu unseren Alltagsproblemen, da waren wir uns einig.«

Das würde passen, weil Franziska Scherer im Gegensatz zu den beiden anderen Frauen nicht vergewaltigt worden war, dachte Maren.

Nun mischte sich Sven wieder ein: »Sie brauchen es gar nicht zu leugnen, wir haben festgestellt, dass Sie kurz vor ihrer Ermordung noch sexuellen Kontakt mit ihr hatten.«

»Wenn das letzte Woche Dienstag war, dann bestreite ich das auch gar nicht«, erwiderte Matthias ärgerlich. »Aber ich bin danach wie immer nach Hause gegangen. Und warum hätte ich sie auch töten sollen? Sie hat mir ja nichts getan. Ich liebe

144

meine Frau und würde sie niemals verlassen. Und da Franziska außer Sex nichts von mir wollte, hätte ich es besser gar nicht haben können.«

»Sind sie anschließend direkt nach Hause gegangen?«, fuhr Sven fort und sah Lichtenstein fragend an.

»Nein«, meinte dieser zögerlich. »Ich war noch in einer Bar, um ein bisschen runter zu kommen. Ich wollte Marlene so nicht gegenübertreten. Ich dachte, wenn sie nach Mitternacht schläft, ist es besser, wenn ich dann erst nach Hause komme.«

»Okay, dann können Sie uns vielleicht auch sagen, in welcher Bar Sie waren und um wieviel Uhr Sie dort angekommen sind.«

Matthias schien kurz nachzudenken. »Ich war in dieser kleinen Bar in der Stadtmitte. Ich weiß nicht, wie der Schuppen heißt. Aber es gibt dort an der Ecke nur die eine. Ich war schon oft dort und bin auch mit dem Chef ins Gespräch gekommen. Sie können gerne nachfragen. Das war so ungefähr um 21.30 Uhr.«

»Gut, wir werden das überprüfen.« Maren erhob sich und verließ, gefolgt von ihrem Kollegen, den Raum.

Eine Stunde später - Matthias saß immer noch ungeduldig im Vernehmungszimmer - betrat Maren resigniert das Büro ihres Chefs und fluchte: »So ein Mist. Ich habe gerade die Bestätigung des Barbesitzers bekommen. Matthias Lichtenstein war tatsächlich ab dem angegebenen Zeitpunkt in dem Lokal anwesend. Der Besitzer weiß das ganz genau, weil er zu diesem Zeitpunkt auf einen Anruf gewartet hatte. Er war dann aber um diese Uhrzeit mit Matthias im Gespräch vertieft und hat diesen wichtigen Anruf aus diesem Grund verpasst. Er kann es also nicht gewesen sein.«

Dann müssen wir ihn gehen lassen, das ist klar«, ordnete Andreas Gerloff an.

Seufzend nickte Maren und verließ resigniert das Zimmer.

...

Maren und Sven waren auf dem Weg zu Volker Ahrend, dem Mann Nummer drei, der von Saskia Breuer begleitet worden war. Nachdem die beiden noch einmal bei Alexander Vollmer, dem Ex-Freund von Saskia Breuer gewesen waren, wollten sie nun noch diesen Verdächtigen, den die Kollegen nicht angetroffen hatten, befragen. Sven sah ziemlich genervt aus und äffte Vollmer nach: »Ich habe diese Frau geliebt. Was für ein blöder Schwätzer, wenn ich jemand geliebt habe, dann rede ich doch nicht von „dieser Frau".«

Belustigt sah Maren ihren Kollegen von der Seite an. »Na, ja, das macht ihn jetzt aber nicht unbedingt verdächtig.«

»Nein, aber dieser Mann ist mir von Grund auf unsympathisch.«

»Deswegen ist er aber noch lange kein Mörder«, gab Maren zu bedenken. »Aber zuzutrauen wäre es ihm«, musste sie zugeben. »Auch er muss morgen aufs Präsidium, um eine Speichelprobe abzugeben. Dann werden wir ja sehen«, fügte sie noch hinzu.

Eine Weile fuhren sie schweigend weiter. Der Feierabendverkehr in Berlin war wie immer eine Katastrophe. Sie steckten dauernd fest. Im Moment kamen sie nur im Schritttempo voran. Als Marens

Handy klingelte, nahm sie das Gespräch entgegen: »Hallo Elisabeth, wann kommst du denn heute bei mir an? ---- Okay, super. Freue mich auf heute Abend«, und legte wieder auf.

Nach einem kurzen Moment fragte Sven: »Deine Freundin?«

»Ja«, kam die knappe Antwort.

»Eine feste Freundin?«

Irritiert sah Maren ihren Kollegen an. »Wie eine feste Freundin? Ich habe viele Freundinnen, aber das ist meine beste.«

»Ach so, ja gut.«

Erstaunt schaute sie ihren Kollegen an. »Was ist denn mit dir los?«

»Nix«, antwortete er. »Manche haben eben eine Freundin, andere keine und manche eben viele.«

Kopfschüttelnd wandte Maren ihren Blick wieder auf die Straße, dachte nicht weiter über das seltsame Verhalten von Sven nach und versank in ihre Gedanken. Mit ihrem Kollegen war heute einfach nichts anzufangen.

Bei Volker Ahrend angekommen saßen die Beamten entspannt mit ihm im Wohnzimmer. Herr Ahrend war sehr zuvorkommend und schien überhaupt nicht nervös zu sein. Man konnte ihn alles fragen und er gab bereitwillig Auskunft. Im Moment erzählte er gerade, wie es dazu gekommen war, den Dienst des Begleitservice in Anspruch zu nehmen.

»Wissen Sie, ich bin Geschäftsführer einer großen Firma und es wird viel von mir verlangt. Und mein Problem ist, ich kann mit Frauen nichts anfangen, wenn Sie verstehen, was ich meine. Aber es wird von mir erwartet. Auf keinen Fall darf - da kann ich mich doch hoffentlich auf Sie verlassen - an die Öffentlichkeit kommen, dass ich homosexuell bin.«

»Das tut in unserem Fall nichts zur Sache«, konnte Maren ihn beruhigen.

»So dachte ich mir, ich frage dort mal nach einer Begleitmöglichkeit und das hat problemlos geklappt. Saskia Breuer war eine nette unterhaltsame Frau. Wir haben uns super verstanden. Und sie hat mich des Öfteren begleitet.«

»Haben Sie sich auch privat getroffen?«, fragte Sven.

»Nein, dazu gab es keinen Anlass. Außerdem bin beruflich ziemlich ausgelastet und habe kaum Freizeit. Diese kurze Zeit möchte ich dann mit meinem Freundeskreis verbringen. Trotzdem habe ich die Stunden mit Saskia genossen. Sie war eine hübsche, intelligente junge Frau. Es tut mir sehr leid, was mit ihr passiert ist.«

»Wann haben Sie Frau Breuer zuletzt gesehen?«
Volker dachte kurz nach und erwiderte: »Das ist so ungefähr drei Wochen her. Wir hatten ein Geschäftsessen von der Firma und sie hat mich dorthin begleitet«.

»Hat sie Ihnen irgendetwas erzählt? Dass sie sich bedroht fühlte oder sonst irgendetwas, was von Bedeutung sein könnte. Wenn Sie sich so gut verstanden haben, könnte das ja der Fall gewesen sein. Vielleicht erinnern Sie sich an irgendetwas?« Sven schaute sein Gegenüber fragend an.

Dieser dachte nach, hob den Kopf und äußerte sich nachdenklich: »Da war schon was. Sie erzählte mir, dass sie einen Freund hatte, der rausbekommen hatte, was sie so in ihrer Freizeit machte. Also wo sie nebenher arbeitete. Und dann kam es zu einem riesengroßen Krach. Aber so wichtig war Saskia die Beziehung nicht und deshalb trennte sie sich von ihm. Jetzt weiß ich aber nicht, wie er hieß. Ich glaube das hat sie auch nicht erwähnt. Aber das ist das Einzige. Mehr Privates hat sie nicht von sich erzählt. Tut mir leid. Nein, sonst war da nichts.«

»Gut, danke, das ist schon mal sehr hilfreich. Danke. Ich denke, dass das damit für Sie erledigt ist. Wenn wir doch noch Fragen haben, würden wir uns aber noch mal melden.«

»Gerne, kein Problem.« Volker erhob sich und verabschiedete freundlich die Polizeibeamten.

Kapitel 16

Pforzheim

Luisa hatte sich kurz überlegt, das Auto stehenzulassen, weil sie nicht in der Lage war, auch nur einen klaren Gedanken zu fassen. Aber die Geduld auf ein Taxi zu warten, hatte sie nicht. Deshalb war sie kurzerhand selbst in die Klinik gefahren. Nachdem sie atemlos dort angekommen war, saß sie nun vor der Tür des Arztzimmers von Dr. Assmann und wartete, bis dieser sie hereinrufen würde. Ob der Oberarzt extra wegen ihr eine Nachtschicht einlegte, wunderte sie sich, da es schon 23 Uhr war. Sie wurde aus ihren Überlegungen gerissen, als sich die Tür des Zimmers öffnete. Ein freundliches Gesicht sah ihr entgegen.

»Guten Abend. Sie sind sicher Frau Kessler? Kommen Sie herein.«

Luisa eilte auf ihn zu, streckte ihm die Hand entgegen und antwortete: »Ja, bitte klären Sie mich schnell auf. Ich bin am Ende meiner Nerven und kann nicht mehr klar denken. Das alles muss doch wohl ein Irrtum sein.«

»Ich kann Sie sehr gut verstehen. Ob es sich tatsächlich um Ihren Mann handelt, werden wir gleich bei der Gegenüberstellung feststellen. Aber setzen Sie sich doch bitte kurz und beruhigen sich ein bisschen.«

Dr. Assmann deutete auf den Stuhl auf der anderen Seite seines Schreibtisches.«

Luisa nahm wortlos Platz.

Der Oberarzt fuhr fort: »Paul Kessler, also, wenn er es ist, befindet sich in einem guten Allgemeinzustand. Wir können ausschließen, dass er im vergangen Jahr auf der Straße gelebt hat. Die Polizei hat mich über die Umstände aufgeklärt, ich weiß also Bescheid über den angeblichen Selbstmord. Leider leidet er unter einer retrograden Amnesie und kann sich an rein gar nichts erinnern. Es ist in diesem Falle nicht nur das Kurzzeitgedächtnis, sondern das komplette Erinnerungsvermögen ausgeschaltet. Eine Ursache dafür haben wir nicht finden können.«

»Kann sich das wieder geben? Also, ich meine, wird er sich wieder erinnern können? Und wenn ja, wann?«

»Das kann man leider überhaupt nicht sagen. Das ist von Fall zu Fall verschieden. Da ist alles möglich. Manchmal setzt die Erinnerung durch ein einschneidendes Erlebnis aus und kann durch irgendeinen Anlass ganz plötzlich wiederkommen. Aber wann und ob das so ist, das weiß niemand. Leider kann ich Ihnen nichts anderes sagen. Ich kann verstehen, dass das für Sie sehr schlimm ist.« Mitleidig schaute er die sympathische Frau an, die ihm gegenüber saß. Diese hatte inzwischen einige hektische rote Flecken in Gesicht und Dekolleté.

»Lassen Sie uns Gewissheit verschaffen.« Mit diesen Worten erhob sich der Arzt und Luisa folgte ihm zögernd.

Dr. Assmann betrat das Zimmer zuerst. Gleich nach dem ersten Blick auf den zusammengekauerten Mann, der auf dem Stuhl an einem weißen Tisch saß und ihr erwartungsvoll entgegensah, war ihr klar, dass es ihr Mann war. Es entfuhr ihr ein kurzer Schrei, dann schlug sie sich mit der Hand auf den Mund und ging mit langsamen Schritten auf ihn zu. Er erhob sich, ging ihr aber nicht entgegen. Luisa konnte sich nicht überwinden ihn zu umarmen, denn ihr Gefühl signalisierte ihr, dass sie einem fremden Menschen gegenüberstand. Außerdem wollte sie Paul nicht überfordern, denn schließlich konnte dieser sich ja überhaupt nicht an sie erinnern. Luisa holte tief Luft und sagte leise: »Hallo Paul, schön dich zu sehen. Ich kann es gar nicht glauben.« Plötzlich konnte sie die Tränen nicht mehr zurückhalten. Erschrocken schaute ihr Mann sie an und meinte zaghaft: »Es tut mir leid, aber ich kann mich an rein gar nichts erinnern«, und hob die Hand, ließ sie aber sofort wieder sinken, als er eine gewisse Distanz in Luisas Blick bemerkte.

Der Oberarzt räusperte sich: »Dann lasse ich Sie jetzt einfach mal allein«, und fuhr an Luisa gewandt fort: »Sie können später gerne noch einmal bei mir vorbeischauen. Ich bin noch eine Weile hier.« Leise zog der Arzt die Tür hinter sich zu.

Einen Moment lang sahen die beiden Zurückgebliebenen sich schweigend an, dann sagte Paul: »Setz dich doch.«

Luisa, die inzwischen schon ganz weiche Beine hatte, nahm auf dem zweiten Stuhl am anderen Ende des Tisches Platz. Möglichst weit entfernt von dem Mann, bei dem sie überhaupt kein vertrautes Gefühl spüren konnte.

Schließlich durchbrach Paul die unangenehme Stille: »Ich kann mir vorstellen, dass das für Sie, äh, ich meine für dich, eine sehr verwirrende Situation ist, aber für mich ist es auch nicht gerade einfach.«

Er schaute sie mit verzweifeltem Blick an und Luisa bekam sofort ein schlechtes Gewissen, weil sie ihm gegenüber so wenig empfand. Sie müsste doch eigentlich vor Freude überschnappen, dass er noch am Leben war. Aber ihr einziger Gedanke war, dass sie Felix schon wieder verloren hatte, bevor es mit ihnen überhaupt richtig angefangen hatte. Schließlich schaute sie dem für sie fremden Mann in die Augen und schlug vor: »Ich würde sagen, wir schlafen eine Nacht über alles und ich komme morgen wieder. Ich kann dir ja nicht um den Hals fallen, wenn du mich gar nicht kennst. Obwohl ich mich natürlich sehr freue, dich zu sehen«, fügte sie nicht ganz ehrlich hinzu.

»Oh, da hätte ich nichts dagegen«, erwiderte Paul mit einem leichten Lächeln. Ich kann mir schon vorstellen, warum ich mich in dich verliebt habe. Du bist eine bildhübsche Frau.«

Das alles wollte Luisa aber im Moment nicht hören, stand auf, wollte ihm die Hand reichen, überlegte es sich aber im letzten Moment anders, beugte sich zu ihm herunter und gab ihm einen flüchtigen Kuss auf die Wange. Sogar sein Geruch ist mir fremd, dachte sie dabei verzweifelt. Paul dagegen strahlte und erhob sich, um seine Frau zur Tür zu begleiten.

Im langen Flur des Klinikums angekommen, starrte Luisa auf die Tür des Oberarztes, entschloss sich aber, ihn heute nicht mehr aufzusuchen. Sie hatte einfach keine Kraft mehr.

Draußen angekommen wurde sie von einem sternenklaren Himmel empfangen, konnte das aber gar nicht wahrnehmen. Erleichterung überkam sie, als sie auf dem Parkplatz Sabine auf sich zukommen sah. Diese verfiel in schnellen Laufschritt, als sie ihre Freundin sah und nahm sie wortlos in die Arme. Luisa konnte nicht mehr an sich halten und brach in Tränen aus. Sabine führte sie daraufhin zu ihrem Auto und die beiden setzten sich schweigend hinein. Luisa lehnte sich an die Freundin und diese legte ihren Arm um sie. Nach einigen Minuten begann sie stockend zu berichten. Fassungslos hatte Sabine zugehört und meinte: »Ich gebe zu, das ist eine ganz blöde Situation, aber wir müssen jetzt irgendwie einen kühlen Kopf bewahren......«

»Ist meine Mutter denn bei Annabelle?«, warf Luisa erschrocken ein.

»Natürlich, sonst wäre ich jetzt nicht hier«, kam die beruhigende Antwort. »Aber, was ich sagen wollte, ich kann mir denken, wie es dir geht. Du bist frisch verliebt und plötzlich taucht dein Mann wieder auf. Was ja eigentlich schön ist, aber der Umstand, dass er sich an nichts erinnern kann, macht das Ganze auch nicht einfacher. Auf jeden Fall finde ich, dass du dich zu nichts verpflichtet fühlen musst. Schließlich hat er dich verlassen, aus welchem Grund auch immer.«

»Ja, aber, es kann auch sein, dass er sein Gedächtnis gleich am Anfang, nämlich vor einem Jahr verloren hat, und deshalb nicht mehr nach Hause kommen konnte.«

»Sicher, aber als er, ohne dir etwas zu sagen, an die Nordsee gefahren ist, hatte er seine Erinnerung sicherlich noch nicht verloren.«

»Das glaube ich auch nicht«, musste Luisa ihr Recht geben.

Plötzlich ging ein Ruck durch ihren Körper, so, als ob ihr etwas klargeworden wäre. »Ich werde jetzt zu Felix fahren. Ich muss mit ihm sprechen.« Mit einem Blick auf die Uhr sagte sie nachdenklich: »Er müsste schon längst wieder von seinem Apothekertreffen zu Hause sein.«

»Mach aber bitte keine überstürzten Sachen«, bat Sabine sie.

»Nein, aber ich muss ihm alles erzählen. Das muss ich jetzt loswerden. Und dann muss ich mir über meine Gefühle für Paul im Klaren werden. Er hat schließlich eine Chance verdient. Ich kann ihn ja jetzt, nachdem er sich an nichts erinnern kann, nicht einfach im Stich lassen.«

Skeptisch sah die Freundin sie an. »Du möchtest ihn tatsächlich bei euch einziehen lassen?«

»Was soll ich denn sonst machen? Schließlich ist das sein einziges Zuhause. Und dann ist da noch Annabelle. Sie hat ihren Vater immer heiß und innig geliebt. Ich kann ihn ihr nicht vorenthalten.«

Darauf konnte selbst Sabine nichts erwidern, außer, dass man nicht wissen könne, wo Paul im letzten Jahr gewohnt hat. Irgendwo musste das ja gewesen sein.

»Wenn er mir doch nur nicht so fremd wäre. Da ist überhaupt nichts Vertrautes«, murmelte Luisa vor sich hin.

Die Freundin seufzte resigniert. »Dann lass wenigstens dein Auto hier stehen, in diesem Zustand, in dem du dich befindest. Ich werde dich fahren. Wo wohnt Felix denn?«

»Einverstanden. Ich werde mir dann ein Taxi nehmen, um später nach Hause zu kommen. Er wohnt in Büchenbronn.«

»Und wird sicher schon tief und fest schlafen«, beendete Sabine den Satz. »Es ist schon 1 Uhr morgens.« Sie konnte ein Gähnen nicht unterdrücken.

Sabine wartete noch, bis sie Luisa ins Haus gehen sah, dann wendete sie und fuhr zurück. Sie machte sich große Sorgen um ihre beste Freundin und konnte sich nicht vorstellen, wie das alles weitergehen sollte.

...

Felix träumte vom Krieg und als der Fliegeralarm losging, wollte er sich umgehend in den Bunker begeben, als er bemerkte, dass er sich keinen Schritt bewegen konnte. Wie festgeklebt waren seine Füße. Plötzlich wurde ihm bewusst, wo er sich befand und das Klingeln von der Haustür kam. Kerzengerade setzte er sich auf und sprang aus dem Bett, fluchte, weil er sich den Fuß vertreten hatte, und eilte die Treppe hinunter. Wer konnte das um diese Uhrzeit sein?

Unten angekommen, fragte er nicht lange nach und riss die Tür auf.

»Luisa, um Himmels willen. Was machst du denn hier? Ist was passiert?« Schlagartig war er hellwach, fasste nach ihrem Arm und zog sie ins Haus. Erschrocken sah er ihr verheultes Gesicht und bekam es mit der Angst zu tun. Die Frau, die er liebte, in diesem Zustand zu sehen, traf ihn mitten ins Herz.

Luisa warf sich ihm heulend an den Hals und er streichelte ihr sanft über den Rücken und versuchte Ruhe auszustrahlen. Felix führte sie in sein Wohnzimmer, das rustikal und gemütlich eingerichtet war, und drückte sie sanft auf seine Ledercouch. Nachdem sie sich etwas beruhigt hatte, erzählte Luisa, was sich in den letzten Stunden ereignet hatte. Entsetzt hörte Felix ihr zu. In diesem Moment schien auch seine Welt einzustürzen. Er war doch so glücklich gewesen, dass die Frau seiner Träume plötzlich seine Liebe erwiderte. Und nun? Was würde passieren? Er brauchte eine Weile, um sich zu sammeln und meinte dann tonlos: »Ich liebe dich und werde immer für dich da sein, wenn du mich brauchst. Natürlich hoffe ich, dass du dich für mich entscheidest. Aber ich respektiere auch, dass du dir erst einmal über alles klar werden musst.«

Luisa hatte ihm zuvor gesagt, dass sie versuchen würde, mit Paul zusammenzuleben. Wenigstens, bis sie sich über ihre Gefühle klar war und auch vielleicht, bis bei ihrem Mann wieder die Erinnerung eingesetzt hätte.

»Allein schon wegen Annabelle«, fügte sie noch hinzu.

Die beiden saßen noch eine Zeitlang engumschlungen da, als sich Luisa plötzlich einen Ruck gab und sich erhob. »Ich muss jetzt gehen, sonst wird alles nur noch schlimmer.«

»Natürlich, ich kann dich nach Hause fahren.«

»Nein, ich rufe ein Taxi.«

Felix widersprach nicht, griff aber nach dem Telefon und erledigte das.

Nach nicht einmal 10 Minuten hörten sie ein Auto vor dem Haus anhalten.

Auf dem Weg in die Diele sagte Luisa: »Ich werde morgen nicht arbeiten können.«

»Das ist doch selbstverständlich. Ich werde Melanie anrufen. Und wenn sie so spontan keine Zeit hat, schaffe ich das auch mal allein.«

Felix nahm Luisa noch einmal fest in die Arme und sie schmiegte sich einen Moment lang an ihn, drehte sich dann wortlos um und verließ das Haus. Wie erstarrt blieb Felix noch lange auf derselben Stelle stehen. An Schlafen war für ihn in dieser Nacht nicht mehr zu denken.

Kapitel 17

Berlin

Sophia Leonhard stand im Badezimmer und starrte nachdenklich ihr Spiegelbild an. Sie nahm ein paar kleine Fältchen um ihre Augen herum wahr, die ihr zuvor noch nicht aufgefallen waren. Es würde doch wohl bei ihr noch nicht mit dem Altern losgehen. Schließlich war sie erst 30 Jahre alt. Sie musste sich unbedingt mehr Ruhe gönnen. Das Studieren und die Arbeit im Begleitservice waren einfach zu viel für sie. Sie musste endlich Nägel mit Köpfen machen und Ausschau nach dem Mann fürs Leben halten. Natürlich musste dieser wohlhabend sein, denn sie hatte nicht vor nach dem Studium zu arbeiten. Vielleicht würde sie auch ein Kind bekommen. So ein kleines Mädchen wäre gar nicht so schlecht. Natürlich nur, wenn sie sich ein Kindermädchen leisten konnte. In erster Linie wollte Sophia ein angenehmes Leben führen, an der Seite eines angesehenen Mannes. Entschlossen schüttelte sie ihren Kopf, so dass ihre lange, pechschwarze Lockenmähne nicht mehr das halbe Gesicht bedeckte, begab sich ins Wohnzimmer ihrer kleinen kargen Wohnung und ließ sich auf ihre Schlafcouch fallen. Sie besaß zwar auch ein Schlafzimmer, besser gesagt war es wohl eher eine Abstellkammer von der Größe her, aber es war noch nicht eingerichtet. Ihr fehlte schlichtweg das Geld dazu. Das musste geändert werden, führte Sophia ihre Träume auf der Couch liegend fort. Die beste Voraussetzung dafür war die Verabredung mit diesem Jürgen Neumann. Sie hatte ihn schon einmal gesehen, als Saskia Breuer mit ihm ausgegangen war. Sein ganzes Erscheinungsbild hatte Eindruck auf sie gemacht. Außerdem roch er geradezu nach Geld, träumte sie weiter. Sie hatte ihre Kollegin um diesen Kunden sehr beneidet. Aber nun war diese tot, was Sophia natürlich leid tat, aber auf der anderen Seite sagte sie sich, dass man als Frau einfach aufpassen musste, mit wem man sich einließ. Sie seufzte, in zwei Tagen war es soweit. Dann würde sie den gutaussehenden Kunden aushorchen können, denn, sie konnte ihr Glück kaum fassen, dieser hatte sie für den ganzen Abend gebucht. Wenn sie sich diesen Mann - der auch noch eine große sexuelle Anziehungskraft auf sie ausübte - krallen und auch noch heiraten würde, stand ihrer Zukunft nichts mehr im Wege. Sophia war zwar schon das eine oder andere Mal mit einem Mann ins Bett gegangen, einfach nur des Geldes wegen, aber es hatte sie immer einiges an Überwindung gekostet und es hatte sich danach immer so etwas wie Ekel in ihr ausgebreitet. Das wollte sie nicht zur Gewohnheit werden lassen. Seufzend erhob sich die hübsche Frau, um sich schön herzurichten, da sie heute Abend von einem anderen Mann gebucht worden war. Leider war der ein richtiges Ekelpaket. Mit dem würde sie nicht die Nacht verbringen.

...

Marlene und Liane saßen sich am Esstisch in der Wohnung von Lichtensteins still gegenüber. Am Abend zuvor war Matthias von der Polizei abgeholt worden. Bis jetzt hatte seine Frau nichts von ihm gehört und es war schon Nachmittag. Die Freundinnen hatten das Geschehene schon mehrfach durchdiskutiert, aber das Entsetzen steckte immer noch in ihnen.

Matthias sollte die Frau, oder vielleicht sogar zwei Frauen ermordet haben? Das konnte doch nicht wahr sein. Ja, Marlene hatte sich gedacht, dass er ein Verhältnis habe, aber doch nicht so etwas. Wirklich daran glauben, dass ihr Mann das getan haben sollte, konnte sie nicht. Es war doch nicht möglich, dass sie den Menschen, mit dem sie schon jahrelang zusammenlebte, so wenig kannte, grübelte Marlene weiter. Liane schien auch in ihre Gedanken versunken zu sein. Sie dachte an das letzte gemeinsame Treffen zu viert, als sich Matthias so abwertend über die ermordete junge Frau geäußert hatte. Einen kurzen Moment lang hatte sie an diesem Abend schon gedacht, dass ihm ein Sexualmord zuzutrauen wäre. Beide Frauen wurden aus ihren Gedanken gerissen, als sie hörten, dass an der Haustür ein Schlüssel im Schloss herumgedreht wurde. Entsetzt dachte Liane, es wird doch nicht........

Tatsächlich betrat Matthias daraufhin die Wohnung und starrte die fassungslosen Frauen mit müden Augen an. Er selbst sah fürchterlich aus. Ungewaschen, unrasiert und leichenblass.

Schließlich erhob sich Marlene, trat ihrem Mann entgegen, blieb aber kurz vor ihm stehen, holte aus und gab ihm eine schallende Ohrfeige. Dann drehte sie sich um und rannte schluchzend ins Schlafzimmer. Resigniert wandte sich Matthias nun, nachdem er ebenfalls am Tisch Platz genommen hatte, an Liane: »Du musst mir glauben, ich habe mit der Sache nichts zu tun. So etwas könnte ich gar nicht. Warum auch?« Fassungslos deutete er Richtung Schlafzimmertür. »Sie wird doch nicht im Ernst glauben, dass ich das getan habe.« Er sah dabei so verzweifelt aus, dass Liane, nachdem sie Matthias einige Sekunden lang fest in die Augen geschaut hatte, davon überzeugt war, dass dieser zu so etwas nicht fähig war. So ernst hatte sie ihn zuvor noch nie erlebt. Sie entspannte sich etwas und erwiderte: »Das wird Marlene im Grunde ihres Herzens auch wissen, aber schließlich muss sie davon ausgehen, dass du sie betrogen hast oder streitest du das ebenfalls ab?«

Matthias senkte den Blick und antwortete leise: »Nein, das habe ich leider wirklich getan und ich bereue es sehr, denn ob du es glaubst oder nicht, ich liebe meine Frau.«

Liane erhob sich. »Das glaube ich dir sogar. Vielleicht gibt sie dir ja noch eine Chance. Gib ihr einfach etwas Zeit und rede mit ihr.«

Vielleicht ist Marlene so blöd, fügte sie in Gedanken hinzu und griff nach ihrer Handtasche, die auf einem freien Stuhl neben ihr lag. Matthias stand ebenfalls auf, ging auf die Freundin seiner Frau zu und wollte sie zum Abschied umarmen. Aber Liane wich geschickt aus und rief ihm während des Hinausgehens noch zu: »Sag Marlene „Tschüss" von mir. Ich rufe sie morgen an.«

Bevor sie die Tür hinter sich zuzog, drehte sie sich noch einmal um und meinte: »Und sei bloß nett zu ihr.«

Stumm schaute Matthias Liane hinterher und verharrte unsicher eine Weile auf der Stelle. Er war wie gelähmt. Was hatte er da nur angerichtet?

Kapitel 18

Pforzheim

Mit einem flauen Gefühl im Magen betrat Luisa die Klinik. Heute war es soweit, sie würde Paul abholen. Er wurde heute entlassen und sie hatten beschlossen, dass er wieder bei ihnen einziehen würde. An seinem Zustand hatte sich nichts geändert. Er konnte sich an nichts erinnern. Es gab aber aus medizinischer Sicht keine Veranlassung, ihn weiterhin hier zu behalten. Er würde auf Anraten des Oberarztes ambulant psychotherapeutisch behandelt werden müssen.

Seufzend, aber entschlossen, auch diese Situation in ihrem Leben zu meistern, drückte Luisa die Türklinke zum Krankenzimmer herunter, setzte ein Lächeln auf und trat in den Raum.

Erwartungsvoll schaute Paul ihr entgegen. Noch immer konnte sie beim Anblick ihres Mannes rein gar nichts empfinden. Das erschien ihr seltsam, hatte sie ihn doch vor seinem Verschwinden heiß und innig geliebt.

Er erhob sich, kam auf Luisa zu und umarmte sie nur flüchtig, was ihr sehr entgegenkam. Schließlich war sie für ihn eine Fremde und ihr war es recht, wenn er Abstand hielt, da sie sich in seiner

Gegenwart unbehaglich fühlte. Das war ein quälender Zustand und sie hoffte, dass sich das bald ändern würde. Dazu kam ihre Sehnsucht nach Felix und das starke Verlangen, sich in seine Arme zu flüchten. Die beiden hatten sich seit der Nacht, in der Luisa bei ihm gewesen war, nicht mehr gesehen. Ihr Chef hatte ihr angeboten, ihren Resturlaub zu nehmen und sie hatte das Angebot dankbar angenommen.

Schweigend ging Paul neben seiner Frau über den Parkplatz, nachdem sie die Klinik verlassen hatten. Nun blieb er ratlos zwischen den Autos stehen. Luisa hatte sich mit Absicht Zeit gelassen, um zu sehen, ob er ihren blauen Golf erkennen würde. Aber da war nichts, deshalb dirigierte sie ihn zu dem Fahrzeug. Nachdem sie sich ins Auto gesetzt hatten, fragte Luisa: »Möchtest du vielleicht fahren?«

Verständnislos sah Paul sie an. »Ich weiß doch überhaupt nicht, wo wir wohnen. Und ob ich überhaupt Auto fahren kann, bin ich mir auch nicht sicher.«

»Das würden wir ja gleich merken. Außerdem weiß ich, dass du fahren kannst und einen Führerschein besitzt. Wir würden dann schnell merken, ob du instinktiv den Weg nach Hause findest.«

»Ja, vielleicht«, erwiderte er zögernd. »Aber ich möchte das lieber nicht. Es ist im Moment so viel, was auf mich einstürzt, ich schaue mir lieber in Ruhe die Gegend an, vielleicht bewirkt das ja auch schon was.«

Schweigend fuhren sie die Kanzlerstraße entlang, bis Paul die Stille unterbrach: »Ist unsere Tochter zu Hause?«

Erstaunt sah Luisa ihn an. Es war das erste Mal, dass er sich nach Annabelle erkundigte. Das war es, was sie in den letzten Tagen sehr verwundert hatte. Weder am ersten Abend, noch am darauffolgenden Tag hatte er gefragt, ob sie Kinder hätten. Sie hatte dann von sich aus von ihrer gemeinsamen Tochter erzählt. Das machte Luisa traurig, denn Paul und Annabelle waren immer ein Herz und eine Seele gewesen.

»Nein, natürlich nicht. Sie ist im Kindergarten.« Gleich darauf ärgerte sie sich über ihren bissigen Ton und fuhr freundlicher fort: »Ich habe zum Glück gleich heute Mittag einen Termin bei einem Psychologen für sie bekommen können. Wenn ich sie um 13 Uhr abhole, gehe ich zuerst mit ihr zu meiner Mutter zum Mittagessen und anschließend um 15 Uhr dorthin. Ich habe mir gedacht, dass dir ein bisschen Ruhe in deinem alten und doch neuen Umfeld nicht schaden könnte.«

Paul nickte dankbar.

»Ich habe unserer Tochter bis jetzt noch nichts von dir erzählt. Ich möchte das nicht ohne den Rat eines erfahrenen Psychologen tun.«

Nachdenklich schaute Paul seine Frau an, sagte aber nichts dazu.

Plötzlich kam Luisa ein Gedanke, sie sah ihren Mann kurz von der Seite an und fragte: »Sag mal, du kannst dich nicht zufällig daran erinnern, dass du bei Annabelle am Zaun des Kindergartens warst?«

Auf einmal fiel es Luisa wie Schuppen von den Augen. Ihre Tochter hatte keine blühende Fantasie, wie die Erzieherin gemeint hatte. Sie hatte ihren Vater wahrscheinlich wirklich gesehen.

»Nein, wie sollte ich denn, ich wusste ja überhaupt nicht, dass ich eine Tochter habe, geschweige denn, in welchen Kindergarten sie geht.«

Luisa bog nachdenklich in die Schwarzwaldstraße ab und ging nicht mehr auf das Thema ein. Eine Unruhe machte sich in ihr breit und sie konnte nichts dagegen tun.

Sie hielt direkt vor dem Haus und wartete, dass ihr Mann aussteigen würde, aber dieser sah sie nur fragend an und meinte: »Wohnen wir hier?«

Luisa nickte wortlos. In der Wohnung angekommen, sagte sie: »Ich habe dir das Kinderzimmer gerichtet. Annabelle wird bei mir schlafen. Ich denke, so ist es am besten für uns alle. Vielleicht möchte sie auch ein paar Tage bei meiner Mutter übernachten. Aber diese Entscheidung werden wir zusammen mit dem Therapeuten treffen. Ich bin froh, dass ich so schnell einen Termin bekommen konnte. Das ging natürlich nur über Beziehungen. Mein Chef kennt ihn gut und hat das für mich arrangiert«, meinte sie zögerlich. Es fiel ihr schwer, unbefangen von Felix zu sprechen, aber ihm schien nichts aufzufallen.

»Ja, das ist wirklich sehr gut. Ich mache mir da auch Sorgen.«

Dies nahm Luisa erleichtert zur Kenntnis. Vielleicht kamen so langsam wieder Gefühle in ihm auf.

Da Paul ziemlich verlassen in der Diele herumstand, sagte Luisa: »Jetzt komm halt erstmal mit ins Wohnzimmer, ich mach uns einen Kaffee.«

Dankbar sah Paul sie an und erwiderte: »Das ist eine gute Idee. Aber lass mich zuerst mein Gepäck abstellen. Fragend schaute er sich um und deutete dann auf die Tür neben dem Eingang. »Ist es das Zimmer?«

Luisa nickte und er ging zögernd in den Raum und schloss die Tür hinter sich. Schweren Herzens begab sich Luisa in die Küche, um die Kaffeemaschine in Gang zu setzen.

...

Luisa hatte sich zusammen mit ihrer Mutter auf deren Terrasse niedergelassen, da das Wetter heute extrem mild für die Jahreszeit war. Annabelle war im Wohnzimmer mit ihrem Puppenhaus beschäftigt, das die Oma dort für sie aufgebaut hatte. Die beiden sprachen sehr leise, damit die Kleine das Gespräch nicht hören konnte.

»Du siehst blass aus«, bemerkte Brigitte, während sie ihre Tochter besorgt ansah. »Das ist aber auch kein Wunder in dieser Situation. Was meinst du, wann kann ich denn Paul sehen. Du weißt ja, dass wir uns nicht so gut verstanden haben. Vielleicht kann er sich gerade deswegen an mich erinnern«, meinte sie hoffnungsvoll.

»Das glaube ich jetzt weniger«, seufzte Luisa«, aber ich denke in ein paar Tagen ist das machbar. Gib uns einfach noch ein bisschen Zeit.«

»Einverstanden. Vielleicht ist es aber tatsächlich besser, wenn Annabelle einige Nächte bei mir bleibt.«

»Ich habe keine Ahnung, was richtig und was falsch ist«, meinte ihre Tochter resigniert. »Ich werde das nachher mit dem Psychologen klären. Herr Pfeifer hat einen hervorragenden Ruf. Felix hat ihn mir empfohlen.«

Brigitte runzelte die Stirn, als ihr bewusst wurde, dass Luisa, die in der letzten Woche gerade mal wieder glücklich gewirkt hatte, nun ihr Glück schon wieder verloren hatte. Das war wirklich eine aussichtslose Situation. Nun erhob sich Luisa, rief ihr Töchterchen und meinte an ihre Mutter gewandt: »Wir müssen gehen, ich möchte nicht gleich beim ersten Termin zu spät kommen.«

»Na klar. Gib mir doch bitte kurz Bescheid, falls du die Kleine mit nach Hause nimmst. Ansonsten sehen wir uns später wieder.«

»Ja, der Arzt befindet sich in Brötzingen, da muss ich wenigstens nicht durch die ganze Stadt fahren.«

Brigitte drückte ihre Enkelin ganz fest zum Abschied und küsste Luisa auf die Wange. Als die beiden liebsten Menschen, die sie auf dieser Welt hatte, schon lange nicht mehr in Sichtweite waren, stand sie noch eine ganze Weile regungslos an der Haustür und konnte sich zu nichts aufraffen. Es machte sie ganz verrückt, ihrer Tochter so gar nicht helfen zu können.

...

Nach der Therapiestunde stand Luisa mit Herrn Pfeifer in dessen Flur und schaute Annabelle beim Spielen mit Bauklötzen zu, während sie leise mit dem Therapeuten sprach. Die Tür war geöffnet, so dass die Kleine nicht das Gefühl hatte, allein zu sein.

Zu Beginn der Stunde war sie zunächst dabei gewesen, bis ihre Tochter sich etwas an den Psychologen gewöhnt hatte. Um was genau es ging, hatte sie ihm schon am Telefon gesagt. Nach fünfzehn Minuten meinte er dann: »Was meinst du Annabelle? Deine Mutter brauchen wir doch jetzt nicht mehr. Sie kann doch im Wartezimmer einen Kaffee trinken. Oder?«

Annabelle hatte ihn angelächelt und gemeint: »Ja, die Mama kann gehen, aber nur in das Zimmer, nicht nach Hause ohne mich.« Sie mochte den netten jungen Mann.

»Nein, natürlich geht sie nicht ohne dich.«

Daraufhin war Luisa in den Wartebereich gegangen und hatte dort unschlüssig den Vollautomaten angestarrt. Nein, das würde sie lieber lassen, sie war so schon nervös genug und hatte außerdem schon bei ihrer Mutter einen starken Cappuccino getrunken. Sie setzte sich auf den nächstbesten Stuhl und schlug, da sie alleine in dem Raum war, ihre Hände vor das Gesicht. Sie würde noch wahnsinnig werden.

Nun hörte sie aufmerksam zu, was Herr Pfeifer ihr zu sagen hatte.

»Also, ich glaube, dass ihre Tochter, zumindest bis jetzt, noch keinen Schaden durch die Situation genommen hat. Sie ist ein taffes Mädchen, und ich denke, sie kann mit solchen Situationen umgehen. Es ist gut, dass sie gleich mit ihr zu mir gekommen sind, so können wir jetzt gemeinsam schauen, dass bei der Annäherung an ihren Vater keine Fehler passieren. Aber was ist mit Ihnen? Ich denke, Sie brauchen auch Hilfe. Aber dazu müssten Sie sich einen anderen Therapeuten suchen. Ich kann mich nicht um zwei Familienmitglieder kümmern, das geht nicht. Außerdem therapiere ich hauptsächlich Kinder.«

»Das ist kein Problem. Ich komme schon klar«, antwortete Luisa, obwohl sie sich dessen nicht so sicher war. Aber sie hätte im Moment weder Zeit noch Ruhe, eine Therapie zu machen.

»Okay, aber überschätzen Sie sich nicht. Um auf ihre Tochter zurückzukommen, ich an Ihrer Stelle würde sie fragen, ob sie vielleicht, zunächst mal heute Nacht, bei der Oma schlafen möchte. Wenn ja, kann man dann noch eventuell eine zweite Nacht dranhängen. Aber immer nur, wenn sie das möchte. Dann hätten Sie ein bisschen Zeit, sich an die Situation und wieder an Ihren Mann zu gewöhnen. Vielleicht kann er sich dann auch an das eine oder andere erinnern. Länger würde ich dann aber nicht warten. Bevor Sie Annabelle nach Hause holen, müssten Sie ihr allerdings erzählen, dass ihr Papa doch nicht ertrunken ist. Also, ich würde sagen, dass er sich retten konnte, er aber nicht in der Lage war, heim zu kommen, weil es ihm nicht so gut ging. Ganz wichtig ist auch, dass Sie ihr die Wahrheit sagen, nämlich, dass er sich an nichts erinnern kann. Sonst würde sie sich wahrscheinlich von ihm zurückgewiesen fühlen.«

»Gut, dann werde ich Ihren Rat befolgen. Ich denke schon, dass Annabelle bei meiner Mutter übernachten möchte. Sie liebt sie sehr und ist gerne dort. Ich fahre am besten gleich direkt wieder zu ihr und frage meine Tochter dann dort.«

»Das ist ein guter Plan. Ich wünsche Ihnen alles Gute! Hier ist der nächste Termin in einer Woche. Passt das bei Ihnen?«

Mit einem Blick auf den Zettel sagte Luisa: »Das kann ich einrichten.«

Ein bisschen erleichtert fühlte sie sich schon, als sie mit Annabelle an der Hand die Praxis verließ.

...

Felix hatte sich kurz in den Aufenthaltsraum zurückgezogen. Melanie schaffte es im Moment allein, die beiden Kunden zu bedienen, die gerade in der Apotheke waren. Schlagartig hatte ihn ein Schwindelgefühl überfallen. Nach dem ersten Schreck war ihm klargeworden, dass er heute noch überhaupt nichts gegessen hatte. Und das nachmittags um 16 Uhr. Das musste anders werden. Er durfte sich nicht so gehen lassen. Ständig drehten sich seine Gedanken um Luisa, war er doch seinem Glück so nahe gewesen. Er rechnete sich nicht allzu große Chancen aus, dass sie ihren Mann, jetzt nachdem er wieder aufgetaucht war, verlassen würde. Seufzend biss er in den Butterkeks, den er sich aus der fast leeren Packung geangelt hatte. Luisas Kollegin riss ihn aus seinen Gedanken. »Felix, kommst du mal bitte. Da ist eine Frau, die dich sprechen möchte. Sie sagt, es ist privat. Soll ich sie zu dir bringen?«

Erstaunt sah er seine Mitarbeiterin an und sprang auf. »Nein, ich komme schon.«

Vorne angekommen, schaute er die fremde Frau, die auf ihn wartete, fragend an. »Wie kann ich Ihnen helfen?«

»Mein Name ist Sabine Büttner. Ich bin eine Freundin von Luisa. Ich habe Sie zwar hier, als ich ein Rezept eingelöst habe, schon einmal gesehen, aber da werden Sie sich sicherlich nicht dran erinnern.«

»Doch, stimmt, ich kann mich schon erinnern, nur im ersten Moment nicht«, stellte Felix richtig.

»Ich möchte nur kurz mit Ihnen sprechen. Haben Sie vielleicht einen ruhigeren Platz?«, fragte Sabine etwas ratlos, weil inzwischen drei Kunden gleichzeitig die Apotheke betreten hatten.

»Ja natürlich«, entgegnete er überrascht und lächelte Sabine dabei freundlich an. »Kommen Sie mit nach hinten«, meinte er und deutete mit dem Kopf in Richtung Aufenthaltsraum. Er zögerte kurz, aber nachdem ihm seine Angestellte zu verstehen gegeben hatte, dass sie es alleine schaffen würde die Kundschaft zu bedienen und er sah, dass zwei der Männer noch die Pflegeprodukte durchschauten, ging er voran und Luisas Freundin folgte ihm. In dem Raum angekommen, kam Sabine direkt auf den Grund ihres Besuches zu sprechen.

»Ich bin gekommen, um Ihnen zu sagen, dass Luisa sehr unter der Situation leidet. Und ich glaube, dass sie für ihren Mann nicht mehr allzu viel empfindet. Ich weiß, dass sie sich in Sie verliebt hat. Ich denke, im Moment fühlt sie sich Paul gegenüber nur verpflichtet. Und natürlich geht es auch um ihre Tochter. Schließlich möchte sie ihr ja nicht den Vater verwehren. Außerdem würde kein

Mensch einen anderen in so einer Situation sich selbst überlassen. Dazu ist Luisa auch ein viel zu guter Mensch.« Sabine ließ Felix überhaupt nicht zu Wort kommen und dieser hörte einfach nur sprachlos zu.

»Sie müssen um sie kämpfen«, fuhr sie eindringlich fort und holte das erste Mal Luft. Das nutzte der Apotheker aus, und äußerte sich hoffnungsvoll, Sabine immer noch verblüfft anstarrend: »Glauben Sie das wirklich?«

»Na klar, schließlich bin ich ihre beste Freundin.«

»Dann danke ich Ihnen vielmals, dass sie gekommen sind und mir die Augen geöffnet haben. Aber ich denke, ein bisschen Zeit muss ich Luisa schon noch lassen, sich über ihre Gefühle klarzuwerden.«

»Warten Sie aber nicht zu lange.«

Immer noch zweifelnd schaute Felix die fremde Frau an. »Ich werde darüber nachdenken. Leider muss ich weitermachen.« Er schaute nervös durch die leicht geöffnete Tür in den Verkaufsraum, der sich inzwischen beachtlich gefüllt hatte.

»Natürlich, entschuldigen Sie, dass ich Sie so überfallen habe.«

»Nein, ich bin froh darüber. Sie haben mir sehr geholfen.«

Felix schaute Sabine noch gedankenverloren nach, bis diese die Apotheke verlassen hatte.

...

Luisas Plan war aufgegangen. Annabelle war begeistert gewesen, bei der Oma schlafen zu dürfen. Nun saß sie ihrem Mann steif am Esstisch gegenüber. Dieser schien sich auch nicht gerade wohl in seiner Haut zu fühlen. Luisa hatte den Tisch gedeckt und Brot, Käse, kleine Tomaten und Essiggurken serviert. Alles, was Paul immer gerne gegessen hatte. Aber irgendwie schien nicht nur ihr, sondern auch ihm der Appetit vergangen zu sein. Als das Schweigen fast unerträglich zu werden schien, begann Luisas Mann leise zu sprechen: »Das ist wirklich eine sehr unangenehme Situation, in die ich dich da gebracht habe…«

»Aber da kannst du doch überhaupt nichts dafür«, unterbrach sie ihn. »Wir müssen jetzt einfach das Beste daraus machen.«

»Mir tut es sehr leid, dass du deine Tochter ausquartieren musstest.«

»Was heißt da „meine Tochter", es ist doch auch deine Tochter.«

»Ja, aber«, druckste Paul herum. »Klar ist es auch meine Tochter, aber ich kann mich halt gar nicht an sie erinnern.«

»Ja, das ist traurig. Ich kann leider auch im Moment überhaupt nichts fühlen«, entgegnete Luisa.

»Ich habe so viele Fragen und kann sie nicht stellen«, fuhr sie verzweifelt fort.

»Ich hoffe, dass ich mich bald wieder erinnern kann.« Paul sah sehr bekümmert aus, was bei seiner Frau sofort wieder Mitleid hervorrief.

Nun erhob er sich und sagte: »Macht es dir was aus, wenn ich mich zurückziehe. Ich bin total erschöpft.«

Erleichtert stand auch Luisa auf und begann den Tisch abzuräumen.

»Nein, das kann ich gut verstehen. Das alles ist für dich ja auch alles andere als einfach. Außerdem wissen wir auch gar nicht, was dazu geführt hat, dass du dein Gedächtnis verloren hast. Du solltest dir wirklich viel Ruhe gönnen.«

Das ließ sich Paul nicht zweimal sagen und verschwand in seinem Zimmer.

Dort angekommen, stellte er sich mit dem Gesicht zur Wand und ließ erschöpft seinen Kopf dagegen sinken. Was hatte er sich nur dabei gedacht? So wollte er das nicht. Schließlich war er kein schlechter Mensch. Dass Luisa so nett war, machte das Ganze nicht einfacher. Aber da musste er jetzt durch. Diese Suppe hatte er sich eingebrockt, jetzt musste er sie auch auslöffeln. Aber dabei wollte er so wenig Schaden wie möglich anrichten. Vor allem musste er auch an die

Kleine denken. Sie durfte bei der ganzen Sache nicht leiden. Das wäre das Letzte, was er wollte, dafür liebte er Kinder viel zu sehr. Was war er doch für ein Idiot gewesen. Die Lage war aussichtslos. Erschöpft ließ er sich mitsamt seinen Kleidern auf das Bett fallen.
Er hatte keine Kraft sich auszuziehen und konnte in dieser Nacht kein Auge zu tun.

Kapitel 19

Am nächsten Tag

Luisas Herz schlug immer schneller, je näher sie ihrem Wohnhaus kamen. Im Auto auf der Rückbank saß eine nicht weniger aufgeregte Annabelle. Sie hatte ihre Tochter soeben von der Oma abgeholt. Zuvor hatte Luisa im Beisein der Großmutter versucht, der Kleinen möglichst schonend die ganze Geschichte zu erzählen. Dass der Papa doch nicht ertrunken sei, sondern gerettet werden konnte. Dass das alles aber für ihn so schrecklich gewesen war, dass er sein Gedächtnis verloren habe und sich an nichts mehr erinnern könne. Luisa versuchte ihr zu erklären, dass so etwas nach schlimmen Erlebnissen passieren konnte. Annabelle hatte schweigend zugehört und dann vor Freude einen Luftsprung gemacht. Luisa lächelte, sah dem Treffen aber mit gemischten Gefühlen entgegen. Schließlich war Paul nicht der Vater, den das Kind kannte, sondern ein komplett anderer Mensch. Zumindest empfand sie es als seine Frau so. Aber nun war die Kleine nicht mehr zu halten und wollte so schnell wie möglich zu ihrem Vater. Gleich würde es soweit sein. Warum war sie nur so unruhig und in Pauls Gegenwart so angespannt. Das Herz klopfte Luisa bis zum Hals,

als sie den Schlüssel im Schloss herumdrehte. Annabelle rannte so schnell sie konnte ins Wohnzimmer und ihre Mutter ärgerte sich ein bisschen darüber, dass Paul nicht schon in der Diele parat stand. Er müsste es doch kaum erwarten können, seine Tochter zu sehen. Die Gefühle konnten doch nicht komplett weg sein, runzelte Luisa die Stirn. Als sie ebenfalls das Zimmer betrat, schaute sie etwas irritiert auf das Bild, das sich ihr bot. Regungslos standen die beiden sich gegenüber. Plötzlich drehte Annabelle sich um, ihr Gesicht zum Heulen verzogen, und verließ das Zimmer, nicht ohne zuvor gerufen zu haben: »Das ist nicht mein Papa, der sieht nur so aus.«

Entsetzte blickte Luisa ihren Mann an und sagte: »Nimm es nicht so tragisch. Ich habe nicht umsonst einen Psychologen für sie gesucht. Dass es nicht einfach wird, war für mich klar.«

»Alles gut. Das wird schon.«

Mehr hatte Paul dazu nicht zu sagen. Der nimmt das aber gelassen hin, wunderte sich Luisa, schüttelte aber alle weiteren Gedanken ab und ging in die Küche, um einen Kaffee zuzubereiten, den sie dringend benötigte. Obwohl ein Schnaps vielleicht das bessere Mittel wäre, verwarf sie diese Idee sogleich wieder, schließlich wollte sie einen klaren Kopf behalten.

Nachdem der Kaffee Luisa etwas belebt hatte, ging sie zu ihrem Töchterchen in das Schlafzimmer, das die beiden sich im Moment teilten. Als Annabelle gesehen hatte, dass ihr Zimmer teilweise ausgeräumt war, waren ihr die Tränen unentwegt die Wangen herunter gerollt. Ihre Mutter hatte es ihr gesagt, aber im Eifer des Gefechts hatte sie es vergessen und war hineingestürzt.

Nun lag sie quer über dem Doppelbett und schniefte vor sich hin. Luisa setzte sich daneben und streichelte ihr sanft über den Rücken. Nach einer gefühlten Ewigkeit drehte sich Annabelle um, schaute ihrer Mama in die Augen und meinte: »Ich will, dass der Mann wieder geht.«

»Aber Kind, das ist doch dein Vater.«

Trotzig schüttelte sie den Kopf und Luisa fuhr fort: »Er ist halt im Moment etwas anders, aber das habe ich dir doch erklärt. Dafür kann er nichts. Der Papa hat bestimmt Schlimmes erlebt. Gib ihm doch eine Chance.«

Wieder schüttelte die Kleine ihren Kopf und sagte im Befehlston: »Bringe mich wieder zur Oma! Ich will hier nicht bleiben.«

Entsetzt schaute Luisa ihre Tochter an und wusste, dass sie diesen Kampf verloren hatte und Annabelle wieder nach Remchingen fahren musste. Am liebsten würde sie auch dort übernachten, aber das ging natürlich gar nicht. Seufzend erhob sie sich mit den Worten: »Gut, dann machen wir das so. Zieh deine Jacke und die Schuhe an. Ich fahre dich.«

Das ließ sich die Kleine nicht zweimal sagen, wischte sich die Tränen ab und rannte aus dem Zimmer.

Nachdem Luisa schweren Herzens ihre Tochter wieder zur Oma gebracht hatte, fuhr sie kurzentschlossen zu ihrer Freundin Sabine, in der Hoffnung, dass diese zuhause sei. Sie hatte im Moment keine Lust in die bedrückende Stimmung in ihre Wohnung zurückzukehren, ihrem Mann gegenüberzusitzen und nicht zu wissen, über was sie mit ihm reden sollte.

Sie hatte Glück, Sabine war da und schaute sie, nachdem sie die Tür geöffnet hatte, zwar erstaunt, aber freudig an.

»Hey, was verschafft mir die Ehre? Normalerweise müssen wir uns immer umständlich verabreden und nicht einmal dann klappt es.«

»Ich bin halt im Moment in einer Ausnahmesituation«, seufzte Luisa. »Ich wollte jetzt nicht heimgehen und müsste mich dringend mal aussprechen.«

»Na klar, du bist immer willkommen.« Sabine nahm ihre Freundin fest in die Arme. »Ich wollte euch in den letzten Tagen einfach mal in Ruhe lassen, aber in Gedanken war ich immer bei dir.«

»Das weiß ich.« Auf einmal konnte Luisa nicht mehr an sich halten und fing an hemmungslos zu weinen.

»Ach je, komm du Arme, jetzt setz dich erst mal auf die Couch.« Fest umklammernd führte Sabine sie ins Wohnzimmer und fragte: »Soll ich uns einen Tee kochen? Das hilft immer.«

Wortlos und immer noch schluchzend nickte die Freundin.

Als Sabine mit dem dampfenden Getränk zurückkam, hatte sich Luisa wieder beruhigt, nahm den Pfefferminztee entgegen und lächelte dankbar.

Einige Minuten wurde kein Wort gesprochen. Beide genossen die Ruhe. Sie waren schon so lange befreundet, dass sie sich auch ohne Worte verstanden. Dann fragte Sabine zögernd: »Gib es denn was Neues?«

»Leider nicht. Paul kann sich nach wie vor an nichts erinnern. Und das Schlimme ist, dass er mir vollkommen fremd ist. Ich kann überhaupt nichts dagegen tun.«

»Hm, das ist ja aber wahrscheinlich normal in dieser Situation.«

»Ich weiß nicht, dass da so rein gar nichts ist. Schließlich war er meine große Liebe.«

Nachdenklich schaute die Freundin sie an. »Und wie hat denn Annabelle reagiert? Das hast du noch gar nicht erzählt.«

»Das war vollkommen seltsam. Sie ist voller Abneigung gegen ihn. Deshalb habe ich sie gerade zu meiner Mutter gebracht. Sie behauptet, er sei nicht ihr Vater.«

Verblüfft schaute Sabine Luisa an. »Das hätte ich jetzt nicht gedacht. Sie hat ihren Vater doch vergöttert.«

»Genau, deshalb verstehe ich das auch nicht. Ich habe sie doch gut auf das Treffen vorbereitet und sie hat sich riesig darauf gefreut.«

»Wahrscheinlich hat Paul seltsam reagiert, weil er sich nicht an seine Tochter erinnern kann.«

Luisa zuckte mit den Schultern. »Ich habe keine Ahnung. Das Schlimme ist, dass ich das alles überhaupt nicht möchte. Es ging mir gerade wieder gut, als er aufgetaucht ist. Diese Gedanken wiederum lösen Schuldgefühle in mir aus. Schließlich war ich mit Paul auch bis zur letzten Minute sehr glücklich. Ich hatte mir nur die ganze Zeit Vorwürfe gemacht, dass ich nicht erkannt habe, dass es ihm so schlecht geht. Nun müsste ich doch froh sein, dass er noch lebt.«

»Das kann nun wirklich niemand von dir verlangen. Schließlich hat er dich im Stich gelassen. Hast du es schon mal von dieser Seite gesehen. Du hast

191

ein schreckliches Jahr hinter dir und gerade angefangen, dir ein neues Leben aufzubauen.«

Hoffnungsvoll sah Luisa ihre beste Freundin an,
umarmte sie und sprang, einer plötzlichen Eingebung folgend auf. »Danke meine Liebe, du hast
mir die Augen geöffnet. Weißt du, was ich jetzt
tun werde?«

»Hoffentlich wirst du das Richtige tun und zu Felix
gehen«, lächelte Sabine. »Er hat eine Chance verdient.«

»Du hast Recht. Genau das werde ich machen.
Und zwar sofort!«, strahlte Luisa. »Ich danke dir.«

»Und weißt du, was ich in der Zwischenzeit tun
werde?«, fragte die Freundin, die inzwischen
ebenfalls aufgestanden war.

»Nein, keine Ahnung. Was denn?«

»Ich werde deinem Paul einen Besuch abstatten.
Mal schauen, ob er sich an mich erinnern kann.
Schließlich hat er mich noch nie leiden können,
was allerdings auf Gegenseitigkeit beruht hat. Bin
mal gespannt, ob er das noch weiß«, grinste Sabine.

»Danke, du bist ein Schatz. Bevor ich dann nach
Hause gehe, rufe ich dich an. Das kann allerdings
spät werden, es sei denn Felix ist nicht daheim.«

»Lass dir nur Zeit«, freute sich Sabine. Die Freundinnen umarmten sich innig und Luisa verließ eiligst die Wohnung. Nun war sie voller Tatendrang.

Sie würde ihre Gefühle nicht länger unterdrücken. Für ihre Ehe sah sie sowieso keine Zukunft mehr. Sie hätte das nur für Annabelle getan. Aber wahrscheinlich würde sie ihrer Tochter damit mehr schaden, als helfen, wenn sie mit Paul zusammenbliebe.

Felix hatte sich gerade überlegt, heute einmal früh ins Bett zu gehen, als es an der Haustür klingelte. Erwartungsvoll, dass es Luisa sein könnte, näherte er sich der Tür und riss sie auf. Sein Herz klopfte schneller, als er sah, dass sein Wunsch in Erfüllung gegangen war. Er wusste vor lauter Freude überhaupt nicht, was er sagen sollte, aber das war auch nicht nötig, denn die unerwartete Besucherin warf sich direkt in seine Arme und küsste ihn hingebungsvoll. Vollkommen überrascht zog er Luisa ins Haus und stammelte: »Was machst du denn hier?« Ihm blieb fast die Luft weg, weil Luisa nicht aufhörte ihn zu küssen und er die Küsse inzwischen leidenschaftlich erwiderte.
Nach einer kurzen Unterbrechung gab sie ihm als Antwort auf seine Frage: »Ich bin hier, weil ich dich liebe und mit dir zusammen sein möchte, ganz egal, was passiert.«

Fassungslos schaute Felix sie an und zog sie ins Wohnzimmer. Ihre Jacke hatte Luisa im Flur achtlos über das Treppengeländer geworfen.

»Kann ich dir etwas anbieten«, fragte Felix, weil ihm nichts Besseres einfiel. Er konnte sein Glück kaum fassen.

»Ja, das kannst du«, antwortet sie und sah ihm dabei fest in die Augen.

Bei diesem Blick schoss Felix eine Welle der Erregung durch seinen Körper. »Ja?«

Ihn unverwandt anschauend, zog Luisa ihr T-Shirt über den Kopf und ließ es auf den Boden gleiten. Felix musste schlucken, als er den schwarzen, mit Spitzen verzierten BH sah, der ihre wohlgeformten Brüste bedeckte. Sein Blick wanderte tiefer und fiel, nachdem die inzwischen geöffnete Hose heruntergerutscht war, auf ein ebenso schwarzes Höschen, das gerade mal das Nötigste verbarg, und hörte ihre Worte nur noch wie durch einen Schleier.

»Ich möchte dich, sonst nichts. Ich möchte dich spüren, auf mir und in mir.«

Da war es um Felix geschehen. Er ging langsam auf Luisa zu, zog sie nah an sich heran und bedeckte sie, am Hals beginnend, mit Küssen. Langsam arbeitete er sich nach unten und schob sie weiter sanft in Richtung Schlafzimmer.

...

Sabine stand etwas beklommen vor der Wohnung ihrer Freundin und hoffte, dass Paul da sein würde. Die Eingangstür unten war zufälligerweise offen gewesen. Sie musste nicht allzu lange warten, da machte er die Tür auf und sie stand Luisas Mann gegenüber. Fragend schaute dieser sie an.

»Guten Tag, meine Frau ist leider nicht zu Hause. Kann ich ihr etwas ausrichten?«

»Hallo, nein, ich bin Sabine, Luisas Freundin, und möchte gerne zu dir.« Erstaunt schaute Paul die hübsche Frau an und erwiderte: »Dann kennen wir uns also. Tut mir leid, ich kann mich an nichts erinnern, was natürlich unvorstellbar ist, bei so einer schönen Frau. Aber kommen Sie, äh du, doch herein.«

Verwundert dachte sich Sabine, der flirtet doch jetzt nicht etwa mit mir, sagte aber nichts und trat ein.

»Kann ich dir was zu trinken anbieten«, fragte er nun etwas zurückhaltender.

»Gerne.«

»Ich hätte einen Rotwein zu bieten. Oder auch ein Bier und natürlich Wasser.« Fragend sah Paul seinen Gast an.

»Rotwein wäre super und vielleicht ein Wasser dazu.«

»Kommt sofort«, antwortete Paul gutgelaunt, da er sich überraschenderweise über die unerwartete Gesellschaft freute. Bei dieser fremden Person fühlte er sich nicht so gehemmt und hatte auch keine Schuldgefühle. Er deutete auf die Tischgruppe im Essbereich und meinte: »Ich gehe davon aus, dass du dich hier bestens auskennst.« Sabine nickte und nahm nachdenklich Platz. Das war nicht der Mann, den sie an der Seite ihrer besten Freundin kennengelernt hatte. Dieser Mensch hier war ihr regelrecht sympathisch und den Paul von früher hatte sie nicht ausstehen können. Verwirrt dachte sie auch daran, was ihre Freundin ihr über die Reaktion von Annabelle erzählt hatte. Jetzt war es noch interessant zu erfahren, wie das Treffen mit Luisas Mutter ausfallen würde. Morgen war geplant, dass die beiden sich kennenlernen sollten. Obwohl „kennenlernen" wohl das falsche Wort wäre, sinnierte Sabine weiter vor sich hin, als Paul die zur Hälfte gefüllten Weingläser auf den Tisch stellte. Die nächste Stunde verging wie im Fluge. Selten hatte sich Sabine so gut unterhalten. Sie sprachen über Politik, Sport und das Leben im Allgemeinen. Nach einer weiteren halben Stunde erhob sich Sabine. Inzwischen war sie vollkommen durcheinander. Das konnte doch nicht Luisas Ehemann sein, aber es gab keinen Zweifel, er sah schließlich genauso aus, etwas schlanker vielleicht, aber sie hatten sich auch über ein Jahr lang nicht gesehen.

Paul stand ebenfalls auf, um sich zu verabschieden und meinte lächelnd: »Schade, dass ich schon verheiratet bin.«

Verblüfft schaute sie ihn an. Er flirtete doch tatsächlich mit ihr. Sie lächelte ebenfalls und erwiderte: »Ja, aber so ist nun mal das Leben. Wenn du dich erinnern könntest, wüsstest du, dass ich nicht auf Männer stehe.«

Nun war es an ihm, sie verblüfft anzuschauen.

»Oh«, mehr brachte er nicht heraus.

»Aber ich fand den Abend mit dir auch sehr angenehm«, fuhr sie heiter fort.

»Das freut mich. Für mich war es ebenfalls eine angenehme Abwechslung in meiner momentan nicht so angenehmen Situation.«

»Ja, das ist wirklich alles andere als schön. Es tut mir sehr leid für euch. Ich hoffe, dass sich alles zum Guten wendet. Vielleicht kannst du dich auch bald wieder erinnern«, äußerte sich Sabine hoffnungsvoll.

»Vielleicht«, erwiderte Paul, sah dabei aber alles andere als glücklich aus.

Einer Eingebung folgend trat Sabine zu ihm und küsste ihn zum Abschied auf die Wange. Luisas

Mann tat es ihr gleich und schloss gedankenverloren die Tür hinter ihr. Erschöpft lehnte er sich anschließend dagegen, fuhr sich mit der Hand übers Gesicht und dachte, was habe ich da nur angerichtet?

...

Bedeutend entspannter als noch vor einigen Stunden befand sich Luisa auf dem Heimweg. Sie koppelte ihr Smartphone an die Freisprechanlage des Wagens, um Sabine anzurufen. Diese meldete sich sofort nach dem ersten Klingeln und sprudelte gleich drauflos: »Hey Luisa, weißt du was?«

»Nein«, kam die erstaunte Antwort. »Aber du wirst es mit sicherlich gleich sagen.«

»Ja, du hast einen tollen Mann in deiner Wohnung.«

»Was? Spinnst du?«

»Nein, echt, wir haben uns super unterhalten und dazu deinen Rotwein getrunken«, erwiderte Sabine lachend.

»Das ist jetzt nicht dein Ernst. Oder?«

»Was? Das mit dem Rotwein? Ich kaufe dir wieder eine Flasche.«

»Du spinnst. Bist du betrunken?«

»Vielleicht ein kleines bisschen. Aber mal Spaß beiseite, dieser Mann in deiner Wohnung hat nichts mit deinem Ehemann zu tun, außer, dass er so aussieht.«

»Hm, das ist wahrscheinlich der Grund, dass ich nichts für ihn empfinden kann«, äußerte sich Luisa nachdenklich. »Hoffentlich kann er sich bald wieder erinnern, aber vielleicht auch lieber nicht.«

»Wie meinst du das?«, wollte die Freundin wissen.

»Ach, ich weiß auch nicht«

»Ah, ich verstehe, du hattest einen schönen Abend mit Felix und jetzt bist du im Zwiespalt.«

»Du könntest Recht haben«, seufzte Luisa.

»Aber das ist doch auch gut so. Du hast es verdient, wieder glücklich zu sein. Und die Zeit kann man einfach nicht zurückdrehen«, beruhigte Sabine sie.

»Lass uns morgen weitersprechen. Ich bin hundemüde«, schlug Luisa vor, da sie gerade in die Schwarzwaldstraße einbog. »Ich bin gleich zuhause.«

»Alles klar, ruf mich einfach an, wenn du Zeit hast. Ich bin da, habe den ganzen Tag Urlaub genommen. Und grüß mir Paul.«

Unverständliches murmelnd beendete Luisa das Gespräch. Das hätte sie nie gedacht, dass aus Sabine und Paul mal dicke Freunde werden würden. Mit gemischten Gefühlen stellte sie ihr Auto direkt vor dem Haus ab.

In der Wohnung angekommen wurde sie von einem gutgelaunten Paul begrüßt. Sie erzählte ihm nicht, dass sie mit Sabine über den Abend gesprochen hatte.

200

»Deine Freundin Sabine war da«, sagte er gleich zur Begrüßung. »Eine sehr nette Frau. Sicherlich haben wir uns schon immer gut verstanden.«

»Eher nicht«, erwiderte Luisa kurz angebunden.

»Nicht? Das kann ich mir gar nicht vorstellen. Na ja, wie auch immer. Möchtest du noch ein Glas Wein mit mir trinken?«

Überrascht sah sie ihren Mann an, zögerte kurz, meinte dann aber: »Sei mir nicht böse, aber ich bin sehr müde. Außerdem habe ich Kopfschmerzen und möchte morgen wieder arbeiten gehen. Ich muss also früh aufstehen.«

Nun war es an Paul, seine Frau erstaunt anzusehen. »Du gehst arbeiten? Ich dachte, du hast diese Woche noch frei?«

Luisa brachte es nicht fertig Paul anzusehen und antwortete mit schlechtem Gewissen: »Äh, mein Chef hat mich angerufen und gefragt, ob ich morgen kommen könnte. Meine Kollegin hat anscheinend etwas vor.« Sie hoffte, er würde nicht merken, dass das gelogen war. Wenn ja, dann ließ er es sich auf jeden Fall nicht anmerken.

»Ach so, ja, das ist kein Problem. Schließlich bin ich kein kleines Kind mehr und kann tagsüber alleine bleiben«, lächelte Paul leicht verlegen.

»Okay, dann wäre das ja geklärt. Ich gehe kurz ins Bad. Oder möchtest du zuerst?« Fragend schaute Luisa ihn an.

»Nein, ich habe Zeit und bin auch noch gar nicht müde.«

Kapitel 20

Berlin

Aufgeregt lief er in seiner kleinen Wohnung auf und ab, soweit die paar Quadratmeter dies zuließen. Wieder einmal fluchte er darüber, dass er sich keine bessere Wohnung in Berlin leisten konnte. Zum Glück merkte man ihm das nicht an. Da er blendend aussah und sein gesamtes Geld in Kleidung, Uhren und Restaurantbesuche steckte, hielten ihn alle Leute, mit denen er es zu tun hatte, für wohlhabend. Sein Benehmen war ebenfalls tadellos, da er aus gutem Hause stammte. Nur hatten seine Eltern leider durch eine falsche Investition ihr ganzes Vermögen verloren und konnten ihn finanziell nicht unterstützen. Sein Hass auf Frauen war schon seit Jahren ins Unermessliche gestiegen, da diese immer, wenn sie erfuhren, dass er so arm wie eine Kirchenmaus war, das Weite suchten. Dass es daran liegen konnte, dass er ihnen immer falsche Tatsachen vorspielte, darauf kam er allerdings nicht. Nur als er Saskia kennengelernt hatte, begann er wieder an die Liebe zu glauben. Sie bemerkte schnell, dass er in Bezug auf sein Vermögen nur ein Angeber war und schien ihn so zu nehmen, wie er war. Er schwebte auf Wolke sieben. Der Absturz ließ aber nicht allzu lange auf sich warten. Er war mit Kollegen unterwegs, als er sein Mädchen mit einem anderen sah. Er verfolgte die beiden und sah, dass sie in einem Mehrfamilienhaus verschwanden. Sie betrog ihn also. Alter Hass flackerte wieder auf. In den nächsten Tagen verfolgte er Saskia und fand heraus, dass sie für diesen Begleitservice arbeitete, genauso wie die andere Schlampe. Und somit war für ihn klar gewesen, was er zu tun hatte. Damals waren ihm auch zwei ihrer Kolleginnen aufgefallen.

Und nun war es soweit, er, Jürgen Neumann, würde sich morgen mit der einen treffen. Und sollte sich herausstellen, dass auch sie nur an Geld interessiert war, und deshalb auch gleich mit ihm in die Kiste steigen würde, dann war sie fällig. Inzwischen verschafften ihm diese Treffen mit solch einem genialen Ende mehr Befriedung als alles andere, was er zuvor erlebt hatte. Und diese Schlampen hatten einfach kein Recht zu leben.

...

Pforzheim

Nach einer mehr oder weniger schlaflosen Nacht quälte sich Luisa um sechs Uhr morgens aus dem Bett. Zwei Stunden zuvor war sie auch schon auf gewesen, leise ins Wohnzimmer gegangen und hatte aus dem Fenster geschaut. Paul hatte vergessen, den Rollladen herunter zu lassen. Wie magisch angezogen, durch das helle Licht des Vollmondes, wollte sie nachschauen, ob sie immer noch beobachtet wurde. Durch die Ereignisse in der letzten Zeit hatte sie den Fremden schon fast vergessen. Wenn er denn überhaupt da gewesen war, hatte sie vor sich hingemurmelt und war wieder zurück ins Bett gegangen, um sich die restliche Zeit bis zum Klingeln ihres Weckers im Bett herumzuwälzen. Zu vieles war ihr im Kopf herumgegangen, um schlafen zu können.

Nun musste sie sich fertigmachen, weil sie gestern tatsächlich zu Felix gesagt hatte, dass sie zur Arbeit kommen würde. Noch ganz in Gedanken versunken, riss sie die Tür zum Bad auf und erstarrte.

»Was um alles in der Welt machst du denn um diese Uhrzeit hier?«, entfuhr es ihr vorwurfsvoll.

Paul, der gerade aus der Dusche gekommen war, hielt erschrocken das Badetuch vor sich hin.

»Entschuldige, ich konnte nicht mehr schlafen, da dachte ich, dass ich mich gleich duschen und Brötchen holen könnte.« Zerknirscht sah er Luisa an.

Diese hatte sich wieder gefangen und meinte: »Nein, natürlich musst du dich nicht entschuldigen. Das war blöd von mir. Ich bin nur erschrocken, weil ich nicht mit dir gerechnet habe.«

»Kein Thema…« In diesem Moment rutschte Paul das Handtuch, dass er sich umbinden wollte, aus der Hand. Erschrocken brach er mitten im Satz ab und bückte sich, um das Tuch aufzuheben. Luisa fand die Situation inzwischen schon fast komisch und wollte sich lächelnd abwenden, als ihr Blick an seiner Hüfte hängen blieb. Was sie da sah, ließ sie zu Eis erstarren. Ohne sich darum zu kümmern, ob sie geduscht oder gewaschen war, rannte sie ins Schlafzimmer, schnappte sich den nächstbesten Pullover und die Hose, die sie am Abend zuvor über den Stuhl gehängt hatte und eilte mit wild klopfendem Herzen in den Flur. Sie nahm sich nicht einmal mehr Zeit Strümpfe anzuziehen und schlüpfte nur noch in ihre Schuhe. Panisch sah sie sich um, aber er schien noch im Bad zu sein. Ohne nach einer Jacke zu greifen, verließ sie schnellstens die Wohnung und rannte zum Auto, als ob es um ihr Leben ginge.

Berlin

Marlene und Matthias hatten entschieden, sich in dem netten Café, das sich in der Parallelstraße ihres Wohnhauses befand, auszusprechen. Ein neutraler Ort erschien ihnen dafür geeigneter, als sich steif in ihrer gemeinsamen Wohnung gegenüber zu sitzen. Eigentlich war es beiden klar, dass ihre Ehe nicht mehr zu retten war. Schweigend warteten sie, bis die Bedienung ihnen den bestellten Milchkaffee gebracht hatte. Keiner hatte es eilig, die entscheidenden Worte auszusprechen. Matthias hatte seine angeberische Art vollkommen abgelegt. Er war regelrecht kleinlaut geworden und auch jetzt schien ihm kein Wort über die Lippen zu kommen. Als Marlene bewusst wurde, dass sie, wenn sie nicht den Anfang machen würde, heute Abend noch hier sitzen würden, begann sie leise das Gespräch: »Ich denke, es ist auch dir klar, dass es für uns keine gemeinsame Zukunft mehr gibt.«
Traurig schaute ihr Mann sie an und dachte, wie blass sie doch ist und wie sehr ich sie liebe. Sogar eine Träne kullerte ihm aus dem Auge. Schließlich erwiderte er kaum hörbar. »Ja, und ich bereue es unendlich. Wenn ich könnte, würde ich alles rück-

gängig machen. Aber ich hoffe, dass du mir wenigstens glaubst, dass ich mit den Morden an diesen Frauen nichts zu tun habe.«

»Das habe ich keine Minute lang geglaubt. Warum auch hättest du das tun sollen? Nein, ich weiß, dass du kein Sexualmörder bist, aber dass ich dir noch nie genügt habe, das war mir klar.«

»Das ist nicht wahr. Erst seit du in letzter Zeit kaum noch Sex wolltest, waren meine Bedürfnisse nicht mehr befriedigt«, versuchte er sich zu rechtfertigen. »Alles drehte sich nur noch darum Kinder zu zeugen. Wir sind dabei auf der Strecke geblieben.«

Marlene, die daraufhin nichts zu sagen wusste, musterte ihren Mann nachdenklich. Wahrscheinlich hatte er nicht ganz unrecht, aber das half ihnen jetzt auch nicht mehr weiter, deshalb schlug sie vor: »Ich könnte erstmal, zumindest solange Markus geschäftlich unterwegs ist, zu Liane ziehen. Sie würde sich sogar freuen, da ich sie etwas mit den Kindern unterstützen könnte.«

Bekümmert nickte Matthias. »Einverstanden, ich sehe ein, dass ich dich nicht halten kann. Darf ich mir wenigstens Hoffnungen machen, dass du es dir irgendwann mal anders überlegst?«

Marlene zuckte mit den Schultern. »Eher nicht, aber man soll nie „nie" sagen.«

Ganz zufrieden war ihr Mann mit dieser Aussage nicht, aber immerhin hatte sie ein kleines Hintertürchen offen gelassen.

»Dann werde ich nach einer neuen Wohnung schauen und du kannst entscheiden, ob du unsere behalten möchtest oder nicht. Für mich ist sie viel zu groß. Es sei denn, du überlegst es dir anders, dann können wir sie behalten.« Er sah Marlene hoffnungsvoll an. Als diese daraufhin nichts erwiderte, erhob er sich, legte zehn Euro auf den Tisch und meinte: »Ich lade dich ein.«

Das wiederum brachte Marlene zum Lächeln. Da war wieder etwas von seinem früheren Charme durchgeblitzt, weswegen sie ihn geheiratet hatte. Mit diesem angeberischen, arroganten Kerl, zu dem er sich in letzter Zeit entwickelte, hatte ihr früherer Matthias nichts zu tun. Sie erhob sich, umarmte ihn ein letztes Mal und schmiegte sich sogar kurz an ihn. Für sie war es ein endgültiger Abschied.

Pforzheim

Immer noch vollkommen fassungslos kam Luisa auf dem Pforzheimer Polizeirevier an. Nachdem die Sekretärin am Empfangsbereich, sich das Anliegen angehört hatte, brachte sie Luisa zu Hauptkommissar Klaus Barth in das Gemeinschaftsbüro. Dieser erhob sich, schaute bewundernd die bildhübsche Frau an, die da in sein Büro geschneit kam, hielt ihr seine Hand entgegen, stellte sich vor und fragte: »Was kann ich für Sie tun?«

Die Spanierin Maria, die als Sekretärin im Revier arbeitete, konnte sich ein Lächeln nicht verkneifen und verließ leise den Raum.

Nachdem sich der Kommissar wieder gefangen hatte, deutete er auf den Stuhl auf der anderen Seite seines Schreibtisches und setzte sich auf seinen eigenen Platz. Aber Luisa, die viel zu aufgeregt war, blieb zunächst stehen und äußerte sich mit fast überschlagender Stimme: »Sie müssen mir helfen. In meiner Wohnung befindet sich ein fremder Mann.«

Überrascht sah Klaus die Frau an und in diesem Moment wurde ihm klar, woher er sie kannte. Zusammen mit seinem Kollegen hatte er ihr vor nicht allzu langer Zeit die Nachricht überbracht, dass ihr totgeglaubter Mann im Benckiserpark gefunden worden war. Allerdings war ihm an diesem späten Abend nicht aufgefallen, wie schön Luisa war, was wahrscheinlich daran lag, dass er sich am Tag zuvor von seiner Freundin getrennt hatte.

»Beruhigen Sie sich und erzählen Sie, was genau passiert ist«, forderte er Luisa auf, nachdem er seine Sprache wiedergefunden hatte.

»Also, es ist so…«, war es nun an Luisa etwas zu stammeln. »Eigentlich ist es ja mein Mann…..«

»Wie, Ihr Mann?«, unterbrach der Polizeibeamte sein Gegenüber.

»Ja, also, bis heute Morgen dachte ich, dass es so ist, aber dann, als ich ins Bad gegangen bin - ich wusste ja nicht, dass Paul, also der Mann«, korrigierte Luisa sich, während Klaus sie inzwischen leicht zweifelnd anschaute, »……sich dort aufhält«, fuhr sie fort. »Da ist ihm dann das Handtuch verrutscht.«

Der Beamte schaute sie inzwischen an, als ob sie den Verstand verloren hätte, sagte aber nichts und hörte ihr weiterhin zu.

»Und da habe ich es gesehen.«

»Was haben Sie gesehen?«

»Dass es nicht mein Mann sein kann. Bei diesem Kerl in meiner Wohnung handelt es sich definitiv

nicht um meinen Paul. Und das habe ich von Anfang an gefühlt«, fügte sie hinzu, indem sie trotzig
die Unterlippe etwas vorschob.

Klaus kratzte sich gedankenverloren mit einem
Bleistift am Kopf, sah Luisa, in deren Gesicht sich
inzwischen ein paar hektische rote Flecken gebildet hatten, verunsichert an und fragte schließlich:
»Aha, und wie haben Sie das gemerkt?«

»Dieser Mensch in meinem Bad hat ein großes
Muttermal an seinem Oberschenkel, das hatte
Paul nicht.«

»Aber so etwas kann man doch jederzeit bekommen«, gab Hauptkommissar Barth zu bedenken.

Luisa schüttelte bekräftigend den Kopf. »Ich habe
von Anfang an gemerkt, dass da was nicht stimmt.
Ich könnte Ihnen noch andere Beispiele nennen.
Eines davon ist, dass meine Tochter ihn ablehnt,
ihn aber vorher abgöttisch geliebt hat. Allerdings
muss ich zugeben, dass er genauso wie mein
Mann aussieht, allerdings etwas schlanker ist.«

Seufzend erhob sich Klaus. »Okay, dann werde ich
Sie jetzt in Ihre Wohnung begleiten und dann sehen wir weiter.«

Luisa nickte erleichtert und stand ebenfalls auf, da
sie sich zuvor doch noch auf den Stuhl gesetzt
hatte. Zusammen verließen die beiden das Polizeirevier.

Kapitel 21

Paul befand sich auf der A6 Richtung Nürnberg und raste unter Nichtbeachtung aller Geschwindigkeitsbegrenzungen, soweit es der Morgenverkehr zuließ, über die Autobahn. Sein Ziel war Berlin. Er musste so schnell wie möglich zu seiner Familie. Nachdem Luisa ihn heute Morgen im Bad überrascht hatte, war ihm sofort klargeworden, was sie, nachdem das Handtuch verrutscht war, gesehen hatte. Er hatte sofort handeln müssen. Den alten Golf aus der Nachbarschaft kurzzuschließen, war für ihn kein Problem gewesen.

Nun musste er abrupt bremsen, weil sich ein Stau gebildet hatte. Der Schweiß brach ihm aus allen Poren. Was hatte er sich nur dabei gedacht? Er konnte sich selbst nicht mehr verstehen. Das Ganze war ihm so einfach erschienen. Die Geldnot und die ständige Streiterei mit seiner Frau hatten ihn schließlich auf diese, wie er vor einiger Zeit gedacht hatte, geniale Idee gebracht. Dazu kam dann noch der Hass auf seine leibliche Mutter, die ihn, warum auch immer, einfach zur Adoption freigegeben hatte.

Nach dem Tod seiner Mutter vor anderthalb Jahren hatte er von ihr auf dem Sterbebett erfahren, dass ihr Mann und sie ihn adoptiert hatten. Viel mehr konnte sie ihm leider nicht sagen, da sie auch keine Ahnung hatte, wer seine leiblichen Eltern waren. Seinen Adoptivvater konnte er nicht fragen, denn der war schon seit Jahren tot. Der Tod von Adele, seiner Adoptivmutter war für Markus, wie sein richtiger Name war, ganz fürchterlich gewesen, da er sie abgöttisch geliebt hatte. Nach ein paar Wochen der Trauer hatte sich allerdings eine gewisse Neugier, gemischt mit Unverständnis und Wut, in ihm ausgebreitet.

Seine Mutter hatte ihm noch sagen können, dass er in Pforzheim geboren worden war. So hatte er dort mit seinen Ermittlungen angefangen. Und er hatte Glück. Durch die Kooperation einer Angestellten der Behörde, die für Adoptionen zuständig war, hatte er herausgefunden, wer er wirklich war. Dazu hatte er Britta, wie die Frau hieß, einfach nur schöne Augen machen müssen. Sie hatte ihm sogar alles verraten. Ein paar Einladungen zum Essen und ein bisschen Knutscherei waren ausreichend gewesen. Aber er wäre in diesem Falle auch aufs Ganze gegangen, denn Britta sah zu seiner Freude auch noch sehr gut aus. Nur die Liebe zu Liane und die Bereitschaft der ungefähr dreißigjährigen Frau, ihn mit den nötigen Informationen zu versorgen, hielten ihn schließlich davon ab. Als er dann erfahren hatte, dass er noch einen Zwillingsbruder besaß, war er zunächst sprachlos gewesen. In der darauffolgenden Zeit fing er an, nachdem er auch dessen Adresse herausbekommen hatte, ihn, seine Frau Luisa und die kleine Tochter zu beobachten. Schließlich fehlte es ihm aber einfach an Mut, seinen Bruder anzusprechen. Er beschloss, erst einmal wieder zurück nach Berlin zu fahren und sich aus der Ferne Gedanken zu machen, wie er den Kontakt aufnehmen sollte. Vielleicht am besten über soziale Netzwerke.

Gesagt getan, er wurde dann auch schnell fündig und verfolgte Paul einige Wochen online. Als er sich dann entschlossen hatte, sich bei ihm zu melden, erfuhr er über dessen Facebook-Seite, dass er in der Nordsee ertrunken sei. Geschockt, wie er war, konnte Liane, seine Frau, einige Tage überhaupt nichts mit ihm anfangen. Er war mürrisch und launisch. Da er ihr nichts von der ganzen Geschichte erzählt hatte - er wollte sie eigentlich überraschen, aber erst nachdem er seinen Bruder kennengelernt hatte -, fand er es besser, auch jetzt nichts davon preiszugeben.

Nachdem dann plötzlich der Streit ums Geld ausbrach, weil er arbeitslos geworden war, hatte er diese geniale Idee gehabt, wie ihre Geldsorgen auf einen Schlag behoben werden konnten.

Aber nun, als er in diesem Verkehrsstau festsaß, konnte er sein Verhalten nicht mehr nachvollziehen. Was war nur in ihn gefahren? Er war doch kein schlechter Mensch. Klar, er hatte schon immer viele Dummheiten gemacht und nicht immer nur legale Geschäfte getätigt, aber das, was er sich jetzt geleistet hatte, das passte eigentlich überhaupt nicht zu ihm. Er mochte Luisa. Sie war eine sympathische Frau mit viel Herz. Das hatte er gleich bemerkt. Außerdem war da ein schlechtes Gewissen ihrer Tochter gegenüber. Diese hatte tatsächlich sofort instinktiv gespürt, dass er nicht ihr Vater war. Ja, Kindern konnte man einfach nichts vormachen. Er seufzte tief, bemerkte dann, dass glücklicherweise der Verkehr wieder floss. Nun gab es sowieso kein Zurück mehr.

Als er in der Zeit, in der er die Familie Kessler übers Internet verfolgte, festgestellt hatte, dass diese nicht gerade arm war, hatte sich so etwas wie Neid bei ihm eingestellt. Als er dann den Tod seines Zwillingsbruders, den er nie kennengelernt hatte, überwunden und Liane immer mehr an ihm herumgemeckert hatte, weil das Geld nie ausreichte, fasste er den Entschluss, sich als seinen toten Bruder auszugeben und Luisa ein bisschen um ihr Geld zu erleichtern. Das Gedächtnis zu verlieren erschien ihm als der perfekte Plan. Leider musste er dann in den letzten Tagen feststellen, dass Luisa zwar gut versorgt war, sein Bruder aber den Großteil seines Geldes langfristig angelegt hatte. Gut, einige Tausender hatte er in den letzten Tagen vom Konto abheben können, nachdem er die zweite Bankkarte gefunden hatte. Aber dafür hatte es sich nicht gelohnt, Luisa und Annabelle ins Unglück zu stürzen. Er musste verrückt gewesen sein. Zittrig und mit den Nerven am Ende trat er das Gaspedal durch. Er musste so schnell wie möglich nach Berlin kommen und die Sache zu Ende bringen.

Berlin

Maren und Sven waren wie üblich im stockenden Verkehr in Berlin unterwegs. Und sie telefonierte wie so oft mit ihrem Chef, der sie soeben angerufen hatte. Nach dem Auflegen schaute sie ihren Kollegen mit großen Augen an und sagte: »Das DNA-Ergebnis von Alexander Vollmer hat eindeutig ergeben, dass er sexuellen Kontakt mit Franziska Scherer hatte. Also am gleichen Abend wie Matthias Lichtenstein. Nur dass der eben ein Alibi für diese Zeit hat. Und jetzt kommt´s. Bei Saskia Breuer wurden die gleichen DNA-Spuren festgestellt. Wir müssen ihn also sofort finden und festnehmen, bevor noch ein Unglück passiert.«
Sven reagierte sofort und schaltete das Blaulicht ein. So kamen sie relativ zügig beim Begleitservice BFAF an, um mit Natalia Behnke zu sprechen. Diese sah ihnen schon besorgt entgegen und zischte leise: »Sie vergraulen mir noch die ganzen Kunden, was wollen Sie denn schon wieder von mir. Kommen Sie schnell«, und schleuste die Kommissare in ihr Büro.
»Wir müssen umgehend von Ihnen wissen, ob ein Alexander Vollmer ein Kunde von Ihnen ist und mit unseren Opfern Kontakt hatte. Besser gesagt, wir wissen, dass er sexuellen Kontakt mit den

Frauen hatte und müssen schnellstens von Ihnen erfahren, wo wir ihn finden können.«

Überrascht schaute die Chefin die beiden an und meinte: »Der Name ist mir vollkommen unbekannt, aber kommen Sie, ich schaue nach.« Sie schaltete Ihren Computer ein und äußerte sich nach kurzer Zeit schulterzuckend: »Nein, diesen Namen haben wir nicht vermerkt.«

So leicht gab Maren aber nicht auf und forderte von Natalia Behnke, ihnen die gesamten Bilder ihrer Kunden zu zeigen. Die Besitzerin der Agentur wurde blass und erwiderte: »Haben Sie schon mal was von Datenschutz gehört? Und woher wollen Sie eigentlich wissen, dass ich überhaupt Fotos von meiner Kundschaft habe?«

»Davon gehe ich aus. Und ich denke, in Anbetracht der Tatsache, dass es schon drei tote Frauen gibt, die für sie gearbeitet haben......«

»Wieso drei? Davon weiß ich nichts.«

»Ja, der erste Mord liegt schon drei Jahre zurück. Damals hatten Sie die Agentur noch nicht übernommen, das wissen wir inzwischen.«

Natalia war noch blasser geworden, wenn das überhaupt möglich war.

Nun mischte sich Sven ein: »Sie möchten doch sicherlich nicht dafür verantwortlich sein, dass noch eine junge Frau sterben muss.«

Wortlos und ohne weiteren Widerstand setzte sich die Chefin auf ihren Stuhl, tippte wild auf der Tastatur herum und drehte schließlich den Bildschirm, so dass Maren und Sven die Bilder anschauen konnten. Es waren insgesamt fünfzehn Männer.

Plötzlich stutzte Maren und deutete auf eines der letzten Fotos, schaute verständnislos auf den Namen, der darunter stand und wandte sich an ihren Kollegen: »Schau mal, das ist doch Alexander Vollmer.«

»Nein, unterbrach Natalia sie ärgerlich: »Das ist Jürgen Neumann. Da steht es doch ganz deutlich. Der hat heute Abend unsere Sophia Leonhard gebucht.«

Entsetzt schauten die Beamten die Leiterin der Agentur an: »Wir brauchen sofort alle Daten: »Treffpunkt und Uhrzeit. Das ist unser Mann, der hat sich hier unter falschem Namen angemeldet.«

Natalia, der die Worte fehlten, nickte nur und suchte die entsprechenden Angaben heraus. Unter diesen Umständen hatte sie ihre ganze Überheblichkeit verloren.

So langsam wurde ihr bewusst, dass es jetzt um das Leben ihrer Angestellten ging.

Pforzheim

Zögernd schloss Luisa ihre Wohnungstür auf und wollte eintreten, aber Hauptkommissar Barth hielt sie zurück und ging zuerst, die Hand auf seine Waffe gelegt, in die Diele. Mit entsicherter Pistole die Wohnung zu stürmen, kam ihm doch etwas übertrieben vor, denn so ganz konnte er die Geschichte dieser hübschen Frau doch nicht glauben.

»Hallo, ist hier jemand?« rief er in die stillen Räume. Als keine Antwort kam, schaute er in alle Zimmer, ohne das kleinste Geräusch zu verursachen. Als er Entwarnung geben konnte, rief er: »Frau Kessler, Sie können hereinkommen. Hier ist niemand.«

Erleichtert kam Luisa herein und einer Eingebung folgend, ging sie direkt zu der Kommode. Plötzlich war ihr nämlich die besagte Nacht eingefallen, in der ihre Tochter gemeint hatte, jemanden gesehen zu haben. Dass die obere Schublade an diesem Morgen nicht ganz geschlossen gewesen war, dem hatte sie zum damaligen Zeitpunkt nicht allzu viel Bedeutung beigemessen. Aber nun war es ihr schlagartig bewusst geworden, dass sie diese niemals leicht geöffnet gelassen hätte. Dazu war sie viel zu ordentlich. Luisa zog sie auf und starrte einige Sekunden den Inhalt an, drehte sich schließlich zu dem Polizeibeamten herum und meinte: »Jetzt weiß ich, was fehlt. Es ist so eine unwichtige Sache, dass ich sie gar nicht bemerkt hatte. Es ist der Büchereiausweis meines Mannes. Ich war zu sentimental, ihn einfach wegzuwerfen. Als der Arzt im Krankenhaus…. oder waren Sie es? Ich weiß es nicht mehr genau - mir gesagt hatte, dass Paul anhand dieses Ausweises identifiziert worden war, habe ich mir überhaupt nichts dabei gedacht. Ich war schließlich auch mit den Nerven fertig.«

Fragend sah sie Klaus Barth an. Nachdenklich und nun doch eher bereit Luisa ernst zu nehmen, antwortete er: »Ja, das hatten wir Ihnen gesagt und der Arzt wahrscheinlich ebenfalls. Nun schauen Sie doch bitte nach, ob noch irgendetwas fehlt. In der Kommode oder auch in der gesamten Wohnung.«

Entsetzt schaute sie Klaus an und begann sofort die unteren Fächer zu durchsuchen. Dazu hatte sie sich vor das Schränkchen gekniet und erhob sich nun. Ihr Gesicht hatte inzwischen eine kreideweise Farbe angenommen. Fassungslos sagte sie leise: »Meine zweite Bankkarte und das Sparbuch sind weg.«

Wenn Klaus bis jetzt noch unsicher gewesen war, so wurde ihm nun klar, dass er es mit keiner Spinnerin zu tun hatte. Da Luisa leicht schwankte, griff er nach ihrem Arm, führte sie ins Wohnzimmer und drückte sie sanft auf das Sofa. »Jetzt setzen Sie sich erstmal.«

Luisa setzte sich bereitwillig und er nahm neben ihr Platz. Klaus ließ ihr Zeit, sich zu sammeln und fragte nach einer kleinen Pause: »Wieviel Geld befand sich auf den Konten?«

»Auf dem Girokonto waren ungefähr dreitausend Euro und auf dem anderen, fünftausend.«

Nun griff der Kommissar wortlos zum Telefon, um die Bank anzurufen und die Konten sperren zu lassen. Allerdings war er sich ziemlich sicher, dass es dafür zu spät sein würde. Nachdem Luisa ihm ihre eigene Bankkarte gereicht hatte, damit er die Daten durchsagen konnte, war sie erneut in eine Schockstarre gefallen. Wobei es ihr nicht in erster Linie um das Geld ging, sondern darum, dass sie die letzten Tage mit einem wildfremden Mann verbracht hatte. Sie kam sich wie im falschen Film vor, denn schließlich sah dieser Mensch aus wie ihr Paul. Wie gut, dass Annabelle bei ihrer Mutter gut aufgehoben war. Diese hatte sie heute Morgen auch in den Kindergarten gebracht.

Hauptkommissar Barth beendete das Gespräch und sah Luisa besorgt an. »Also, die Konten sind gesperrt, aber Auskunft bekommen wir erst vor Ort. Aber ich befürchte, dass es zu spät ist«, fügte er bedauernd hinzu.

Mit leerem Blick sah sie ihn an und flüsterte: »Aber er sah doch genauso aus.«

»Hat Ihr Mann vielleicht einen Zwillingsbruder?«

»Nein, das wüsste ich doch. Dann hätte ich das Ganze ja von Anfang an in Frage gestellt, nachdem ich so ein komisches Gefühl hatte.«

»Aber es gibt für mich keine andere Erklärung. Wahrscheinlich hat er es selbst nicht gewusst. Es kommt manchmal vor, dass Zwillinge nach der Geburt, aus welchem Grund auch immer, auseinandergerissen werden.«

Als Klaus den entsetzten Blick von Luisa sah, fuhr er fort: »Jetzt gehen wir zu allererst auf die Bank. Ich rufe von unterwegs im Präsidium an und bitte die Kollegen, die Daten Ihres Mannes zu überprüfen. Vielleicht ergibt sich dadurch eine Spur. Außerdem werden wir das Bild von Herrn Kessler in ganz Deutschland, an die Einwohnermeldeämter und an sämtliche Kollegen von uns faxen. Bestimmt finden wir dann einen Hinweis.«

Luisa, die jetzt etwas ruhiger war und sogar wieder ein wenig Farbe im Gesicht hatte, erwiderte: »Geben Sie mir bitte einen Moment, ich muss kurz meine Mutter anrufen.« Und Felix, fügte sie in Gedanken hinzu. Sie musste einfach mit jemandem sprechen, sonst würde sie durchdrehen. Außerdem war sie plötzlich von einer heftigen Sehnsucht nach ihm erfasst worden.

»Natürlich, kein Problem. Ich gehe schon einmal zum Auto und warte dort.« Als der Kommissar die Wohnung verlassen hatte, holte Luisa zunächst einmal tief Luft, bevor sie nach dem Telefon griff. »Hoffentlich hat dieser Albtraum bald ein Ende«, murmelte sie vor sich hin.

...

Als Luisa eine halbe Stunde später die Bank verlassen hatte und auf das Auto von Hauptkommissar Barth zukam, sah er ihr gleich an, dass sie schlechte Nachrichten mitbrachte. Er hatte sich bereit erklärt, sie zu ihrer Bank zu fahren, da er bemerkt hatte, dass sie mit den Nerven am Ende war. Nun öffnete Luisa die Beifahrertür und ließ sich stöhnend auf den Sitz fallen, schaute Klaus Barth an und sagte: »Zu spät. Er hat die Konten schon geräumt, allerdings komischerweise nicht komplett.«

»Das habe ich befürchtet. Allerdings verstehe ich es auch nicht, warum er nicht alles abgehoben hat«, meinte er nachdenklich. »Hat er denn viel Geld entwendet?«

»Allzu viel hatte ich gar nicht. Es waren 5000 € auf dem Konto. Davon hat er dreitausend abgehoben. Und auf dem Sparkonto waren 3000 €. Die hat er vollständig mitgenommen.«

»Es sieht ganz so aus, als ob er Sie nicht mittellos zurücklassen wollte.«

Luisa nickte bestätigend. »Man könnte es meinen. Was werden Sie jetzt unternehmen?«

»Zunächst fahre ich Sie nach Hause. Dann werden wir uns, wie schon gesagt, auf die Suche nach dem Mann begeben, der sich als Ihr Ehemann ausgegeben hat. Jetzt müssen Sie einfach etwas Geduld haben. Ich melde mich bei Ihnen, sobald ich etwas weiß«, versprach Klaus.

»Gut. Ich bin ja erst einmal froh, dass sich der Fremde nicht mehr in meiner Wohnung befindet und ich so glimpflich davongekommen bin. Mal abgesehen von dem Schock und dem fehlenden Geld.«

Inzwischen waren die beiden wieder vor Luisas Haustür angekommen. Sie stieg aus und verabschiedete sich. »Vielen Dank für alles.«

»Gerne. Ich melde mich bei Ihnen, sobald es Neuigkeiten gibt. Auf Wiedersehen.«

»Tschüss, bis bald.« Dankbar sah sie den Kommissar an. Dieser sah ihr noch versonnen nach und dachte wieder, was für eine bildhübsche Frau sie doch ist.

Kapitel 20

Berlin

Als Marlene bei ihrer Freundin eingetroffen war, nahm Liane sie gleich in die Arme, da sie vollkommen aufgelöst war.

Schluchzend erzählte Marlene, was geschehen war, dass sie sich von Matthias getrennt hat und im Moment nicht wüsste, wo sie hingehen solle. Liane musste nicht lange überlegen und schlug ihr vor: »Natürlich kannst du erst mal bei uns bleiben.«

Dankbar sah die Freundin sie an und sagte leise: »Danke, das werde ich dir nie vergessen.«

»Das ist doch selbstverständlich. Davon profitiere ich ja auch. Wer weiß, wann mein werter Ehemann gedenkt zurückzukommen. So kannst du mich ein bisschen bei den Kindern unterstützen. Und wir sind beide nicht allein.«

Marlene nickte, konnte aber nicht aufhören zu weinen.

»Hey, was ist denn los? Du wirst doch diesem Kerl nicht nachweinen?«

»Dieser Kerl ist mein Mann«, erwiderte sie zögernd, »aber das ist es nicht.«

»Nein, was bedrückt dich dann? Ich denke, er hat nichts mit den toten Frauen zu tun.«

»Nein, natürlich nicht. Das habe ich auch keine Sekunde lang geglaubt. Aber…«

»Was aber?«

»Lass uns doch bitte hinsetzen. Ich habe ganz zittrige Beine.«

»Na klar. Entschuldige.« Besorgt führte sie ihre Freundin zur Couch und setzte sich daneben.

Marlene war schon wieder in Tränen ausgebrochen und konnte gar nicht weitersprechen.

Liane wartete geduldig, bis sie sich wieder beruhigt hatte und reichte ihr ein Papiertaschentuch. Nach dem Naseputzen entstand eine kurze Pause, schließlich wischte sie sich über die Augen, schaute auf und sagte mit erstaunlich fester Stimme: »Ich bin schwanger.«

Zunächst verschlug es Liane die Sprache, aber sie fing sich sogleich wieder: »Waaaas, das gibt es doch gar nicht. Ich meine, das ist ja der Hammer«, verbesserte sie sich. »Schließlich habt ihr es jahrelang erfolglos probiert.«

Jetzt lächelte Marlene sogar ein bisschen. »Ja, das ist ja das Verrückte. Und gerade jetzt, wo es so gar nicht in mein Leben passt, hat es geklappt.« Nun brach sie erneut in Tränen aus.

»Mensch, das schaffen wir. Ich bin doch auch noch da. Das ist vielleicht deine letzte Chance

Mutter zu werden. Das Kind wird auch ohne Matthias groß werden, du wirst sehen. Und eines Tages wirst du froh sein, es zu haben.«

Hoffnungsvoll sah die Freundin sie an und nickte. »Ich weiß, ich muss mich nur erst an die Situation gewöhnen.«

Insgeheim dachte Liane, dass das Kind ohne Matthias viel bessere Chancen hätte, ein guter Mensch zu werden, aber das sagte sie nicht. Stattdessen erhob sie sich, klatschte in die Hände und meinte: »Jetzt gehen wir erst einmal deine notwendigsten Sachen holen, damit du gleich bei mir einziehen kannst.«

»Aber wo soll ich denn schlafen?«, schaute sich Marlene fragend in der Dreizimmerwohnung um.

»Ich werde dir das Schlafzimmer richten und ich selbst schlafe auf der Couch. Das ist kein Problem, die ist sehr bequem.«

Marlene schaute das übergroße Sofa aus Federkern an und nickte.

»Aber was ist, wenn Markus nach Hause kommt?«

»Dann sehen wir weiter. Aber er hat gesagt, dass da einige Wochen vergehen könnten«, äußerte sie sich missmutig. »Falls er überraschend kommen sollte, muss er eben bei den Kindern auf der Luftmatratze schlafen.«

»Okay, einverstanden, dann machen wir das so. Ich danke dir.« Marlene erhob sich ebenfalls und sah schon viel besser aus. »Wo sind denn überhaupt Lars und Emma?«

»Die sind ganz in der Nähe bei Freunden. Sie haben sich mit zwei gleichaltrigen Kindern aus der Nachbarschaft angefreundet und sind ab und zu dort. Das ist eine große Erleichterung für mich. Und jetzt habe ich ja auch noch dich«, fügte sie lächelnd hinzu.

»Wir werden es uns so richtig schönmachen und du kannst ganz in Ruhe nach einer geeigneten Wohnung schauen. Und überhaupt, warum schicken wir Markus nicht einfach ins Hotel? Das ist der ja so gewöhnt.«

Nun hatte Liane es geschafft, dass ihre Freundin lachen musste. Einträchtig verließen die beiden die Wohnung, um Marlenes Sachen zu holen. Die Freundin wollte das schnell hinter sich bringen, in der Hoffnung, dass Matthias noch unterwegs sein würde.

Zwei Stunden später - Liane und Marlene hatten es sich gerade bei einem Kaffee bequem gemacht - hörten sie, dass die Haustür aufgeschlossen wurde. Überrascht öffnete Marlene den Mund, um etwas zu sagen, schwieg dann aber, weil ihre Freundin schon aufgesprungen war und in die Diele eilte. Tatsächlich stand sie dort ihrem Mann gegenüber. Wer hätte es auch sonst sein sollen, außer ihm besaß niemand einen Schlüssel. Aber Liane hatte überhaupt nicht mit ihm gerechnet, denn normalerweise hatte Markus immer Bescheid gegeben, wenn er am nächsten Tag nach Hause gekommen war. Deshalb starrte sie ihn fassungslos an und musste nach Worten suchen. Das lag vor allem daran, dass er fürchterlich aussah. Als sie ihre Sprache wiedergefunden hatte, fragte sie nicht gerade freundlich: »Hey, was machst du denn hier und wie siehst du überhaupt aus?«

Sein Anblick war furchterregend. Die Haare standen in alle Richtungen, unter den Augen hatte er dunkle Ringe und seine Gesichtsfarbe hatte einen aschfahlen Ton angenommen. Anstatt zu antworten, packte er seine Frau am Arm und zog sie ins Wohnzimmer. Er wollte gerade etwas sagen, als ihm die Worte im Mund erstarben, weil sein Blick auf Marlene gefallen war. Diese schaute ebenfalls ziemlich erschrocken auf Markus. Dieser wiederum zog Liane, ohne ihre Freundin noch eines Blickes zu würdigen, in Richtung Schlafzimmer und fragte barsch: »Was macht die denn hier und wo sind die Kinder?«

»Verdammt«, äußerte sich Liane. »Die sind bei Freunden. Was soll denn das? Du tust mir weh.«

Sie wollte ihren Arm wegziehen, aber Markus, der inzwischen die Tür hinter sich geschlossen hatte, hielt sie fest, wie in einem Schraubstock. »Was macht sie hier?«, zischte er erneut.

»Sie wohnt jetzt erstmal hier. Ich konnte ja nicht wissen, dass du heute schon kommst. Du hattest gesagt, dass das ein paar Wochen dauern kann«, verteidigte sie sich. »Was ist denn überhaupt los mit dir?«

Marlene, die jedes Wort mithören konnte, da die Tür die Stimmen nicht sehr dämpfte, verstand die Welt nicht mehr. Sie kannte Markus eigentlich nur als freundlichen Menschen. Auch Liane bekam es so langsam mit der Angst zu tun. Dieser verwahrloste Mann mit dem irren Blick hatte nicht viel mit ihrem stets lustigen Ehemann zu tun.

»Spinnst du? Was ist denn überhaupt los?«

»Du musst Lars und Emma holen und dann ganz schnell deine Sachen packen. Wir müssen ins Ausland.« Nach diesen Worten setzte sich Markus auf das Bett, schlug die Hände vors Gesicht und meinte leise: »Ich habe Dummheiten gemacht. Ich war so blöde. Aber ich habe es nur für uns getan.« Er schaute Liane so verzweifelt an, dass diese Mitleid mit ihm bekam. Deshalb setzte sie sich neben ihn und legte den Arm um ihn herum.

»Was ist los? Ich möchte jetzt sofort wissen, was passiert ist?«

Stockend begann er zu sprechen: »Ich habe, nein, ich hatte einen Zwillingsbruder. Paul.«

Hat er den Verstand verloren, schoss es Liane durch den Kopf.

»Er ist in die Nordsee gegangen und hat sich umgebracht«, fuhr er fort.

Ungläubig starrte seine Frau ihn an, aber Markus ließ sich nicht beirren. »Ich hätte ihn so gerne kennengelernt. Aber da das zu spät war, weil ich vorher nicht den Mut dazu gehabt habe, dachte ich mir, dass es nun auch egal sei. Und da wir gleich aussahen und ich wusste, dass die Kesslers nicht gerade arm sind, wollte ich mir etwas von dem Kuchen abholen. Aber dann lief alles aus dem Ruder. Luisa ist so nett und dann ist da noch die Kleine. Und so reich wie ich dachte sind sie auch gar nicht...«

Ich glaube, du brauchst einen Arzt«, unterbrach ihn Liane.

»Nein, hör mir einfach zu«, entgegnete er in einem Ton, der sie verstummen ließ.

»Sie hat mich allerdings erkannt, ich meine bemerkt, dass ich nicht Paul bin. Daraufhin habe ich die Konten geleert, aber nicht alles, ich bin ja kein Unmensch. Jetzt müssen wir uns halt im Ausland ein neues Leben aufbauen. Hier hält uns sowieso nichts mehr«, fügte er noch hinzu.

Liane, die es immer mehr mit der Angst zu tun bekam, versuchte ihn zu beruhigen. »Das braucht aber alles seine Zeit. Du legst dich jetzt erst einmal hin und ruhst dich aus und ich hole die Kinder.«

So hoffte sie Zeit zu gewinnen und in Ruhe mit ihrer Freundin sprechen zu können. Sie war hin und hergerissen, ob sie Markus glauben sollte, dass er ein Verbrechen begangen hatte oder ob er einfach verrückt geworden war. Glücklicherweise ließ er sich darauf ein, streifte seine Schuhe ab und ließ sich erschöpft aufs Bett fallen.

»Warte, ich hole dir noch was zum Trinken«, rief sie ihm noch zu, da sie eine Idee hatte.

Mit klopfendem Herzen eilte sie in die Küche. Als sie an Marlene vorbeihuschte, legte sie den Finger auf den Mund und zischte leise: »Warte, ich komme gleich.«

Kopfschüttelnd sah diese ihrer Freundin nach, als Liane kurz darauf mit einem Glas in der Hand wortlos wieder im Schlafzimmer verschwand.

Einige Minuten später, nachdem sie sich erschöpft auf dem Stuhl neben Marlene niedergelassen hatte, fragte sie: »Hast du mitbekommen, was er getan haben soll?«

»Nicht alles, aber du wirst mich sicherlich gleich aufklären.«

»Ich kann das alles nicht glauben. Vielleicht hat er den Verstand verloren.« Bittend schaute Liane die Freundin an, als ob diese eine Erklärung für das Verhalten von Markus hätte.

»Jetzt beruhige dich erst einmal. Ich habe etwas von einem Zwillingsbruder gehört.«

»Ja, er behauptet, herausbekommen zu haben, dass er einen Zwillingsbruder hatte, der aber ertrunken sei und er deshalb die Witwe um ihr Geld erleichtern wollte. Das ist doch absurd. So etwas hätte der Markus, den ich kenne, niemals gemacht.«

»In der Not kommt man manchmal auf die seltsamsten Ideen«, meinte die Freundin nachdenklich. »Was gedenkst du jetzt zu tun?«

»Ich habe keine Ahnung.« Liane sah so verzweifelt aus, dass Marlene sie einfach in den Arm nahm und ihr tröstend über den Rücken streichelte.

»Wir haben einfach kein Glück mit unseren Männern«, äußerte sich Liane schließlich und befreite sich aus der Umarmung.

»Es ist so ruhig da drinnen.« Marlene schaute besorgt zur Schlafzimmertür.

»Ich habe ihm ein Schlafmittel ins Getränk gemixt«, antwortete die Freundin und musste sogar ein bisschen grinsen.

»Du hast was? Das ist nicht dein Ernst. Oder?«

»Doch, was hätte ich denn tun sollen. So haben wir Zeit, um zu überlegen, was wir machen sollen.«

»Du könntest zur Polizei gehen.«

»Ich kann ihn doch nicht verraten. Egal, was mein Mann getan hat, ich liebe ihn.«

»Ich weiß nicht, ob ich mit so einem Menschen zusammenleben könnte.«

»Na, schließlich hast du es sogar mit Matthias ausgehalten«, murmelte Liane vor sich hin.

Marlene, die meinte, sich verhört zu haben, fragte empört: »Was hast du gesagt?«

»Vergiss es einfach. Lass uns nicht streiten. Ich habe es nicht so gemeint.«

Die Freundin schluckte ihren Ärger herunter, als sie sah, dass Liane am Rande eines Nervenzusammenbruchs war und schlug schließlich vor: »Dann lass uns eine Nacht drüber schlafen und morgen entscheiden, was du tun wirst.«

Dafür erntete sie einen dankbaren Blick.

»Das ist eine gute Idee. Eigentlich hättest du ja im Doppelbett schlafen können. Das geht jetzt aber natürlich nicht. Würde es dir etwas ausmachen, auf der……«

»Nein, kein Problem, ich schlafe auf der Couch. Was ist mit Emma und Lars?«

»Gute Frage, ich rufe mal bei den Eltern der jeweiligen Kinder an, ob sie ausnahmsweise dort übernachten dürfen.« Liane erhob sich. »Und dann gebe ich dir Bettzeug.«

In diesem Moment klingelte es an der Haustür.

Irritiert sahen die beiden sich an.

»Erwartest du jemand?«

Liane schüttelte den Kopf und ging zögernd in die Diele um die Tür zu öffnen. Dort standen ihr zwei Polizeibeamte gegenüber.

Nachdem diese ihre Ausweise vorgezeigt hatten, fragte der Größere, der sich mit Bäcker vorgestellt hatte: »Sind Sie Frau Berger? Ist Ihr Mann zuhause?«

Nachdem Liane wortlos genickt hatte, fragte der ältere Polizist: »Dürfen wir bitte hereinkommen? Wir müssen mit Markus Berger sprechen und ihn bitten, mit uns aufs Revier zu kommen.«

Liane trat einen Schritt auf die Seite und antwortete: »Sie können hereinkommen, aber mit meinem Mann können Sie nicht sprechen.« Trotzig schob sie ihre Unterlippe vor.

Die beiden Männer traten ein und Bäcker meinte: »Oh doch, das können wir.«

»Sie können es gerne versuchen, wenn sie ihn wach bekommen. Ich habe ihm nämlich drei Schlaftabletten gegeben.«

Ratlos schauten die beiden sich an.

Nachdem Liane ihnen versprochen hatte, sich sofort zu melden, wenn Markus wach werden würde, waren die beiden wieder gegangen. Spätestens morgen früh um sechs würden sie aber sowieso wieder vor der Tür stehen, warnte der Jüngere noch.

Erschöpft ließen sich die Freundinnen, nicht mehr in der Lage, das Bett für Marlene zu richten, in den Sessel und auf das Sofa fallen.

An Schlaf war in dieser Nacht sowieso nicht zu denken. Außerdem war es erst 19.30 Uhr.

Erschrocken sprang aber Liane sogleich wieder auf. »Ach du liebe Zeit, ich muss noch wegen der Kinder anrufen. Es könnte ja sein, dass ich sie noch holen muss.«

Kopfschüttelnd sah Marlene ihr nach. Was war nur aus ihrem ruhigen Leben geworden.

Kapitel 21

Sophia saß ihrem Kunden aufgeregt in der Pizzeria, ganz in der Nähe der Agentur, gegenüber. Sie hatte sich große Mühe gegeben, blendend auszusehen, was ihr auch hervorragend gelungen war. Ihre Augen, umrandet von schwarzem Mascara, funkelten, ihre Wangen waren leicht gerötet und sie sprühte vor Energie. Sie sieht aus wie ein Engel, nur die schwarzen Haare passen nicht ins Bild, dachte sich Alexander, der sich auch dieses Mal als Jürgen ausgegeben hatte, wie schon zuvor bei Saskia und Franziska. Ungeniert starrte er auf das tief ausgeschnittene Dekolletee seiner Begleiterin. Das rote Kleid gefiel ihm überhaupt nicht. Aber das machte nichts, denn das würde sie nachher sowieso nicht mehr anhaben.

Sophia hingegen malte sich ihre Zukunft gerade in schillernden Farben aus und fühlte sich durch die gierigen Blicken geehrt. Heute würde sich ihr Leben ändern, darüber war sie sich klar. Dass es das tatsächlich tun würde, aber ganz anders als sie es sich vorstellte, konnte sie ja nicht wissen. Vorsichtig streifte sie unter dem Tisch ihren Schuh ab und angelte sich mit ihrem Fuß langsam unter die Hose ihres Gegenübers.

»Normalerweise gehe ich mit meinen Kunden nicht nach Hause, aber bei dir würde ich echt eine Ausnahme machen«, flüsterte sie kokett.

Alexander, der es sich nicht so einfach vorgestellt hatte, erwiderte lächelnd: »Dann brauchen wir ja gar nichts zum Essen bestellen.«

»Nein, das brauchen wir nicht.« Sophia legte ihre Speisekarte auf die Seite und wartete auf die Reaktion ihres Begleiters. Dieser hob sein Glas Rotwein, das noch zur Hälfte gefüllt war, und winkte dem Kellner zu, indem er ihm zu verstehen gab, dass er bezahlen wolle.

Draußen angekommen legte er den Arm um Sophia, zog sie mit sich und meinte: »Wir gehen nicht zu mir nach Hause. Das ist viel zu weit und dauert mir zu lange. Ich habe eine bessere Idee.«

»Ich gehe mit dir, wohin du möchtest«, schmachtete die Studentin ihren Begleiter an. Sie konnte nicht wissen, dass das der schlimmste Fehler ihres Lebens sein würde.

Pforzheim

Nachdem Luisa ihre Tochter bei der Oma abgeholt hatte und in ihrer Wohnung angekommen war, drückte sie Annabelle fest an sich. Sie war froh, dass die ganze Sache so glimpflich ausgegangen war. Es hätte schließlich auch anders enden können. Nicht auszudenken, wenn sie noch länger mit diesem Verbrecher zusammengelebt hätten.

Oder wenn die Kleine mit ihm alleine zu Hause gewesen wäre. Aber irgendetwas in ihrem Inneren sagte ihr, dass dieser Mann ihnen nichts getan hätte. Aber wie auch immer, sie war froh, dass alles vorbei war. Unwillig versuchte ihr Töchterchen, sich aus ihren Armen zu befreien. »Lass mich los, ich will spielen.«

Lächelnd kam ihre Mutter der Aufforderung nach. Ihr nächster Gang war der zum Telefon. Sie musste Sabine unbedingt diese Geschichte erzählen.

Luisa wählte ihre Handynummer, da sie nicht wusste, ob die Freundin arbeitete oder Urlaub hatte. Sie musste nicht lange warten, da hörte sie schon Sabines Stimme.

»Hallo Schätzchen, wie geht es dir?«

»Nun ja, ich muss dir eine unglaubliche Geschichte erzählen. Du wirst es nicht glauben. Hast du gerade Zeit?«

»Da bin ich aber gespannt. Für dich habe ich immer Zeit. Ich bin zwar in der Firma, aber ich mache sowieso gerade eine Kaffeepause.«

Das liebte Luisa so an ihrer Freundin. Diese hatte immer die Ruhe weg. Als sie allerdings erzählte, was sie heute erlebt hatte, verschlug es sogar der hartgesottenen Sabine die Sprache. Nachdem sie sich wieder gefangen hatte, sagte sie: »Jetzt ist mir auch klar, warum mir der Mann so sympathisch war. Schließlich konnte ich Paul nie leiden.«

»Ist das alles, was du dazu zu sagen hast?«, empörte sich Luisa.

»Nein, beruhige dich, natürlich nicht. Ich bin heilfroh, dass euch nichts passiert ist«, beschwichtigte sie. »Allerdings glaube ich nicht, dass er euch was getan hätte.«

»Ja, komischerweise geht es mir auch so. Aber da sieht man mal wieder, dass man sich viel mehr auf die Intuition von Kindern verlassen sollte. Annabelle hat gleich gesagt, dass dieser Mann nicht ihr Vater ist.«

»Stimmt, das ist echt erstaunlich. Und ich habe auch noch einen schönen Abend mit Paul, also, ich meine, mit dem Fremden, verbracht. Weiß man denn schon, wie er in Wirklichkeit heißt?«

»Nein, aber der Kommissar hat mir vorhin Bescheid gegeben, dass sie eine Spur hätten. Morgen werden wir mehr wissen.«

»Okay. Blöd ist natürlich, dass er dir das Geld entwendet hat, aber das war wahrscheinlich von Anfang an seine Absicht. Was hätte er sonst mit dieser Aktion bezwecken sollen?«

»Ich denke auch, aber er hat komischerweise gar nicht alles abgehoben.«

»Vielleicht hat er keine Zeit mehr dazu gehabt«, gab die Freundin zu bedenken.

»Doch, eigentlich schon, er hat die Beträge an unterschiedlichen Tagen abgeholt und er hätte gestern durchaus den ganzen Rest bekommen können.«

»Dann wollte er dich vielleicht nicht völlig mittellos zurücklassen. Das spricht ja für ihn. Du weißt, ich habe eine gute Menschenkenntnis und ich mochte ihn. Ich irre mich selten.«

»Hm, vielleicht hast du Recht. Ich mag jetzt nicht mehr darüber nachdenken.«

»Jetzt erhole dich erstmal. Auf jeden Fall ist es tatsächlich eine unglaubliche Geschichte. Wenn ich sie gelesen hätte, dann würde ich sagen, so etwas gibt es nur in einem Roman.«

Luisa lächelte und antwortete: »Es wäre mir auch lieber gewesen, wenn ich das in einem Buch gelesen hätte.«

»Aber du liest doch gar nicht.«

»Warum auch, du siehst ja, dass mein Leben spannend genug ist.«

»Das stimmt allerdings! Brauchst du meine Hilfe oder ein wenig Gesellschaft? Ich könnte später zu dir kommen.«

»Das ist lieb, aber nicht notwendig. Meine Mutter hatte auch angeboten zu kommen. Aber ehrlich gesagt, bin ich hundemüde, da ich eine sehr schlechte Nacht hatte.«

»Alles klar. Oh, bei dir klingelt es. Dann hören wir mal auf zu telefonieren. Mach´s gut, ich denke an dich. Vielleicht können wir uns morgen sehen.«

»Auf jeden Fall.« Luisa beendete das Gespräch und ging zur Tür. Nach dem Öffnen erschien ein Strahlen auf ihrem Gesicht, bevor sie Felix um den Hals fiel. Dieser drückte sie ganz fest an sich und flüsterte ihr ins Ohr: »Ich lasse dich nie mehr los.«

»Das sollst du auch gar nicht«, flüsterte sie und zog ihn in die Wohnung.

Berlin

Sophia lag auf einem zerwühlten Bett in dem schäbigen Hotel, das ihr Kunde gebucht hatte. Ihre Hände waren am Bettgestell gefesselt und sie fühlte sich schon lange nicht mehr wohl in ihrer Haut. Etwas schockiert von der Hässlichkeit des Zimmers, war sie in Anbetracht der Tatsache, dass Jürgen Geld wie Heu haben musste, trotzdem noch zu so einigem bereit gewesen. Sicherlich hatte er dieses Zimmer nahe der Pizzeria nur aus Bequemlichkeit gebucht. Auch als er dann mit diesem Fesselspiel begonnen hatte, wollte sie kein Spielverderber sein. Schließlich würde sie bald ein sorgenfreies Leben an der Seite dieses gutaussehenden Mannes führen. Als er aber nun das Halstuch um ihren Hals legte und es langsam zuzog, bekam sie es mit der Angst zu tun.

»Was machst du da«, brachte sie gerade noch hervor, als ihr kurz die Luft wegblieb und die Stimme versagte.

Jürgen ließ die beiden Enden des Schals aber erst wieder locker, als sie meinte zu ersticken.

»Was soll das? Willst du mich umbringen?«, brachte sie keuchend hervor.

»Vielleicht«, gab er knapp zur Antwort und drang hart in sie ein.

247

Sophia schrie vor Schmerz auf. Sie war nach dem Schrecken noch nicht bereit dazu gewesen. Aber das schien Jürgen nicht zu bemerken. Stöhnend stieß er immer wieder zu. Nach einer für Sophia endlos erscheinenden Zeit ließ er von ihr ab und setzte sich, ohne sie weiter zu beachten, auf den Bettrand, um sich eine Zigarette anzuzünden. Fassungslos schaute die junge Frau ihm dabei zu. Nach schweigsamen Minuten fragte Jürgen schließlich: »Na, hat es dir auch ein bisschen gefallen?«

»Nicht wirklich«, antwortete Sophia leise.

»Möchtest du mich heiraten?«, wechselte er abrupt das Thema.

»Warum sollte ich das tun?«, wollte seine Begleiterin, die sich wieder etwas gefasst hatte, wissen.

»Vielleicht, weil ich Geld habe und dir ein schönes Leben bieten kann?«

Sophia, die zuvor schon ihre Träume hatte begraben wollen, fragte vorsichtig: »Und was ist der Preis dafür? Solche Sexspiele wie gerade eben?«

»Hm, könnte sein.«

»Ich weiß nicht«, äußerte sich die Studentin zögernd.

Plötzlich schien eine Wandlung mit Jürgen vorzugehen. »Hey, jetzt sei nicht so. Ich kann auch ganz anders.« Bei diesen Worten sah er Sophia zärtlich an. Diese schöpfte wieder Hoffnung.

»Gib mir etwas Bedenkzeit«, schlug sie vor.

»Na klar, kein Problem. Aber du musst noch einen Spaziergang mit mir machen. Ganz in der Nähe ist ein schöner Park. Da können wir den Abend etwas romantischer ausklingen lassen.«

Sophia zögerte. Sie wollte gerade ablehnen, als Jürgen meinte: »Bitte, gib mir noch eine Chance.« Dabei sah er sie so reumütig an, dass sie nicht anders konnte als zuzustimmen.

...

Unruhig saßen Maren und Sven seit einer viertel Stunde im Auto vor der besagten Pizzeria. Sie hatten von Natalia Behnke erfahren, dass der Treffpunkt von Sophia Leonhard und Alexander Vollmer vor dieser Pizzeria sein sollte und nicht wie üblicherweise in der Agentur. Da die Kommissare nicht auffallen wollten, waren sie erst kurz vor 20 Uhr eingetroffen. Um diese Zeit war auch das Treffen ihrer Zielpersonen geplant gewesen. Sven hatte vorgeschlagen, nicht früher zu erscheinen, da die beiden schließlich eine Weile mit dem Essen beschäftigt sein würden. Marens Bedenken in den Wind schlagend, hatte er darauf bestanden, in das Restaurant zu gehen, um die Toilette aufzusuchen. Und wenn er das Paar dann gesehen hätte, bräuchten sie nur noch vor der Tür im Auto zu warten. Damit hatte er seine Kollegin beruhigen können, da diese gemeint hatte, dass sie Sophia Leonhard nur vom Foto kennen würden. Als er dann aber noch vorgeschlagen hatte, dass Maren, wenn die beiden das Lokal verlassen würden, im Auto mit ihm knutschen solle, damit sie wie ein Liebespaar aussähen, hatte sie sich an die Stirn getippt und den Kopf geschüttelt. Schließlich lenkte sie aber ein und meinte: »Nun ja, wir sollten vielleicht wirklich so tun als ob, sonst fallen wir gleich auf.«

Grinsend drehte Sven seinen Kopf zur Seite und schaute aus dem Fenster.

Inzwischen war es schon 20.15 Uhr und Maren wurde leicht ungeduldig. »Wie lange möchtest du noch warten? Jetzt geh halt schon rein.«

»Alles klar Chef, Ihr Wunsch sei mir Befehl.« Gut gelaunt schwang er sich aus dem Auto und verschwand im Inneren des Gebäudes.

Nachdem Sven alle Tische abgesucht hatte, verging ihm das Lachen allerdings recht schnell. Es gab nämlich keine Spur, weder von Sophia Leonhard, noch von ihrem Kunden. Entsetzt von seiner Entdeckung rannte er zurück zum Auto und berichtete seiner Kollegin davon. Diese war regelrecht wütend auf sich selbst, dass sie sich darauf eingelassen hatte, erst so spät hierherzukommen und nicht schon eine halbe Stunde früher, wie sie es vorgehabt hatte. Wortlos verließ sie das Auto und ließ Sven einfach stehen. Bei Giovanni, dem Besitzer der Pizzeria angekommen, fragte sie, ob die beiden Personen - sie hielt ihm deren Foto hin - heute hier gewesen seien. Nach einem Blick darauf, nickte er, dachte kurz nach und antwortete: »Ja, aber die Herrschaften verzichteten darauf, etwas zu essen. Darüber habe ich mich geärgert, weil sie einen Tisch reserviert und blockiert hatten. Ich habe sogar noch vier Leute wegschicken müssen. Aber was soll's. Man ärgert sich kurz und dann ist es auch wieder gut. Sie sehen ja, was hier los ist. Alle Tische sind besetzt.« Er wollte sich noch weiter zu dem Thema äußern, als er sah, dass Maren sich schon wieder am Ausgang befand. Kopfschüttelnd sah er ihr nach und dachte, was für komische Leute denn heute unterwegs seien.

Maren ließ sich wieder auf den Fahrersitz fallen und sah ihren Kollegen verzweifelt an. »Die müssen sich, wie und warum auch immer, schon früher getroffen haben. Anscheinend haben die beiden nur etwas getrunken und sind dann wieder verschwunden.«

»Oh Maren, es tut mir schrecklich leid. Wenn der Frau jetzt was passiert, dann ist es ganz allein meine Schuld. Ich wollte ja, dass wir so knapp davor hierher kommen.« Sven war ganz blass geworden.

»Blödsinn«, erwiderte seine Kollegin barsch und zog ihr Handy aus der Hosentasche. »Schließlich war ich einverstanden. Wir haben keine Zeit für Selbstvorwürfe.«

»Was hast du vor?«

»Ich lass ihr Handy orten. Die Nummer habe ich von Frau Behnke.«

...

In dem Park angekommen schlenderten Sophia und Jürgen durch die Anlage. Dabei hatte Alexander den Arm fest um die junge Frau gelegt, so dass sich diese kaum bewegen konnte. Mit der Zeit bekam sie ein immer mulmigeres Gefühl. Auf was hatte sie sich da nur eingelassen. In diesem Park war um diese späte Uhrzeit keine Menschenseele unterwegs. Und der Mann erschien Sophia immer gefährlicher. Mit jedem Schritt spürte sie deutlicher, dass sie sich in großer Gefahr befand. Aber was sollte sie tun? Sie hatte hier und jetzt keine Chance mehr zu fliehen. Innerlich betete sie, dass irgendjemand einen späten Abendspaziergang unternehmen würde oder ein Hund zu diesem Zeitpunkt noch sein Geschäft erledigen musste. Aber ihr Flehen wurde nicht erhört. In diesem Teil, mitten in der Anlage, wo sie sich gerade befanden, war es auch noch stockdunkel. Nur ein ganz schwacher Lichtstrahl von einer Laterne fiel durch die Bäume, die die Sicht zu dieser kleinen Lichtung versperrten.

»Was ist denn mit dir? Du bist ja vollkommen angespannt«, höhnte Alexander.

»Nein, es ist nichts. Aber können wir nicht lieber wieder umkehren?«, fragte Sophia hoffnungsvoll. »Ich kann mit den hohen Absätzen kaum noch laufen«, fügte sie noch hinzu.

»Was müsst ihr Frauen auch immer solche Nuttenschuhe anziehen«, erwiderte ihr Begleiter barsch. Da wusste Sophia, dass sie verloren hatte und fing an zu weinen.

»Was plärrst du denn«, fuhr er sie an und drückte sie an den nächsten Baum. »Ihr Huren seid doch alle gleich.«

»Aber was habe ich dir denn getan?«

»Ihr seid doch alle gleich. Alle wollt ihr nur mein Geld. Dabei habe ich gar nichts. Ich bin arm wie eine Kirchenmaus.«

»Aber das stimmt doch so überhaupt nicht.«

Inzwischen hatte Alexander den Schal um Sophias Hals wieder soweit zugezogen, dass diese kaum noch Luft bekam.

»Gib es wenigstens zu.«

Sie keuchte und stieß stoßweise hervor: »Ja, du hast Recht. Ich gebe es zu. Es tut mir leid. Ich mache es wieder gut.«

Alexander genoss es, seine Begleiterin leiden zu sehen. Gleich würde er wieder diese unvorstellbare Befriedigung erleben. Er stöhnte auf und zog den Schal weiter zu. Sophia röchelte nur noch, dann hörte man nichts mehr. Sie glitt zu Boden, als Alexander hinter sich plötzlich ein Geräusch hörte. Er drehte sich blitzartig um, da ertönte

auch schon eine weibliche Stimme: »Polizei, lassen Sie sofort die Frau los! Drehen Sie sich um und nehmen Sie die Hände nach oben. Sofort!«
Völlig aus dem Gleichgewicht gebracht, gehorchte Alexander.
Sven stürzte sich auf ihn und fesselte seine Hände hinter dem Rücken. Maren rannte zu der am Boden liegenden Frau und stellte fest, dass diese bewusstlos war und nur noch einen flachen Puls hatte. Während ihr Kollege mit der einen Hand den Täter festhielt und mit der anderen den Notruf wählte, legte Maren Sophia in die stabile Seitenlage. Nun konnten sie nur hoffen und warten.

Eine Stunde später saßen die beiden vollkommen erschöpft in ihrem Wagen. Sven fand zuerst wieder Worte: »Was für ein Tag. Was für ein Abend. Zum Glück geht es nicht jeden Tag so zu. Sonst würde ich den Beruf wechseln.«
Nachdenklich schaute Maren ihren Kollegen an. Oft hatten sie nicht über Privates gesprochen.
»Was hat dich denn dazu bewogen zur Polizei zu gehen?«
»Für mich war das gar keine Frage. Schon als Kind war das mein Wunsch. Und wie war das bei dir?«
»Hm, ich weiß gar nicht mehr genau, wann das war. Aber irgendwann wurde mir klar, dass das mein Traumberuf ist und ab diesem Zeitpunkt

konnte ich mir nichts anderes mehr vorstellen. Vielleicht lag es auch an dem Freund, den ich damals hatte. Der war bei der Mordkommission. Das hat mir sehr imponiert. Dann habe ich mir das als Ziel gesetzt.«

Fassungslos schaute Sven seine Kollegin an.

»Echt jetzt?«

»Ja wirklich, aber warum wundert dich das so? Du bist doch auch bei der Mordkommission.«

»Nein, das meine ich nicht.«

»Nicht?«

»Nein.«

»Sondern?«

»Dein Freund von damals. Du hattest einen Freund?«

Maren schaute ihren Kollegen an, als ob er den Verstand verloren hätte.

»Was denkst du denn? Dass ich im Kloster war?«, blaffte sie ihn an.

»Nein, natürlich nicht, aber...«

»Was aber?«

Nachdenklich schaute Sven sie an. »Ich meine ja nur, weil du auf Frauen stehst.«

»Wie bitte?«, empörte sich Maren und schaute ihn mit gerunzelter Stirn an. »Wer erzählt denn so etwas?«

»Na, das war es, was mir unser Chef ins Ohr geflüstert hat.«

Auf einmal brach Maren in schallendes Gelächter aus. Sie konnte sich kaum noch beruhigen vor lauter Lachen und es gelang ihr kaum, ihrem Kollegen auf die nächste Frage, nämlich, ob das denn nicht stimmen würde, zu antworten. Als sie sich dann doch beruhigt hatte, äußerte sie sich belustigt: »Das hätte ich Westphal gar nicht zugetraut. Das hat der nur gemacht, damit wir kein Techtelmechtel anfangen. Denn das kann er überhaupt nicht gebrauchen. Mir ist mal zu Ohren gekommen, dass ein Beamter aus der Mordkommission mal was mit einer Kollegin hatte und die beiden so mit sich beschäftigt waren, dass sie beinahe die Aufklärung eines Falles vermasselt hätten. Seitdem würde er eher jemanden versetzen lassen, als das auf seinem Revier zu dulden.«

Nun sah Sven seine Kollegin hoffnungsvoll an und diese fragte scheinheilig, obwohl sie schon seit längerem die Blicke bemerkt hatte, mit denen der Kollege sie anschaute: »Wie kommt er eigentlich darauf? Das ist doch vollkommener Blödsinn.«

»Warum denn«, reagierte Sven leicht beleidigt. »Wäre das denn so unvorstellbar für dich?«

Nun schaute Maren ihn ernst an und sagte leise: »Ja, keine Chance. Ich stehe zwar nicht auf Frauen, aber auch nicht auf jüngere Kollegen. Und eigentlich möchte ich momentan gar keine Beziehung.«

Verwundert bemerkte sie nun, dass ihr Kollege regelrecht strahlte.

»Was gibt es denn da zu lachen?«

»Nun, ja, gegen eine Frau hätte ich keine Chance gehabt. Aber da das mit dem Alter Quatsch ist, schließlich bin ich nur fünf Jahre jünger, könnte ich mich ja versetzen lassen und darauf hoffen, dass du deine Meinung änderst.«

Verblüfft über so viel Selbstvertrauen schüttelte Maren den Kopf, sagte aber nichts mehr. Es herrschte jetzt eine entspannte Stimmung zwischen den beiden. Sie waren zwar total erschöpft nach den letzten anstrengenden Tagen, aber auch sehr froh, den vermutlichen Mörder gefasst zu haben.

»Allerdings können wir nur hoffen, dass Sophia Leonhard es schaffen wird. Der Notarzt war sich dessen nicht so sicher«, seufzte Maren. »Das sind die Dinge, die mich in diesem Beruf fertigmachen. Wenn wir zu spät kommen.«

Dieses Mal war es an Sven, seiner Kollegin Mut zuzusprechen: »Du weißt, dass wir getan haben, was wir konnten. Durch deine schnelle Reaktion mit der Handyortung hat Frau Leonhard überhaupt erst eine Überlebenschance bekommen.«

»Ja, zum Glück hatte sie es eingeschaltet. Sonst wäre sie jetzt tot. Da hast du Recht. Jetzt lass uns aufs Revier fahren. Ich bin hundemüde und wir müssen Alexander Vollmer noch verhören. Bis jetzt hat er schließlich noch keinen Mord gestanden.«

Bevor die beiden Polizeibeamten Vollmer auf frischer Tat geschnappt hatten, hatte Maren noch Verstärkung angefordert. Die Polizisten brachten Vollmer gerade aufs Revier und nun musste er verhört werden. Es war also noch kein Feierabend in Sicht.

Verhör

Erst nach jeweils zwei Tassen starkem Kaffee waren Maren und Sven bereit, das Verhör zu beginnen.

Da seine Kollegin ziemlich erschöpft aussah, begann Sven, nachdem er den Verhafteten über seine Rechte aufgeklärt hatte, die Befragung: »Herr Vollmer, wir haben Sie gerade auf frischer Tat erwischt. Sie haben versucht die Studentin Sophia Leonhard zu ermorden. Sie befindet sich, wie ich soeben erfahren habe, immer noch in akuter Lebensgefahr.«

Regungslos saß Alexander Vollmer den beiden Polizeibeamten gegenüber und schwieg. Deshalb fuhr Sven fort: »Wie war das mit Saskia Breuer? Das war doch Ihre Freundin, wenn ich mich nicht irre, oder? Haben Sie die junge Frau auf die gleiche Art und Weise umgebracht?«

»Sie müssen es ja wissen«, antwortete Vollmer provozierend.

»Ja, wir gehen davon aus. Wahrscheinlich sind Sie auch für den Tod von Franziska Scherer verantwortlich. Deshalb werden Sie sich auf jeden Fall für Vergewaltigung und zwei Morde verantworten müssen. Bei Frau Leonhard wissen wir noch nicht, ob die Anklage auf versuchten Mord oder Mord lauten wird. Sie können es uns allerdings um einiges leichter machen, wenn Sie hier und jetzt gestehen, für alle drei Taten verantwortlich zu sein und dann auch eventuell mit Haftminderung rechnen.«

»Und dass Sie die Studentin vor drei Jahren umgebracht haben, können Sie auch gleich zugeben«, mischte sich nun Maren ein.

»Saskia war eine Schlampe, genauso, wie ihre Kolleginnen Franziska und Sophia. Alle drei haben eine Strafe verdient. Aber Sie können mir überhaupt nichts nachweisen. Mit Sophia hatte ich heute einfach nur ein bisschen Spaß. Nach dem Sex im Hotel sind wir anschließend im Park spazieren gewesen. Das ist ja kein Verbrechen. Das wird sie Ihnen auch bestätigen können«, äußerte sich Alexander frech.

Nun platzte Maren der Kragen. Sie hatte sich die ganze Zeit beherrscht, aber nun wollte sie sich auf den Verhafteten stürzen. Ihr Kollege konnte gerade noch eingreifen. Trotzdem war Maren schon ziemlich nahe an ihm und zischte ihn zornig an: »Ach ja, und vor lauter Spielerei liegt die Frau jetzt auf der Intensivstation. Was für eine Erklärung gibt es dafür? War sie so erregt, nachdem Sie den Schal zugezogen haben, dass sie Atemstillstand bekommen hat? Ist das nun das neueste Sexspiel?«

Sven hatte alle Hände voll zu tun, seine Kollegin festzuhalten. Man merkte, dass ihre Nerven blank lagen.

Alexander Vollmer war nun doch etwas blass geworden und meinte: »Ich werde nun nichts mehr sagen und möchte einen Anwalt. Das einzige, was ich noch gesagt haben möchte, ist, dass ich mit einer weiteren Frau nichts zu tun hatte. Weder jetzt, noch vor drei Jahren.«

Da die beiden nun sowieso nichts mehr ausrichten konnten, weil auf den Anwalt gewartet werden musste, führte Sven seine Kollegin mit festem Griff aus dem Verhörraum, um eine weitere Eskalation zu verhindern.

Im Aufenthaltsraum angekommen, ließ sich Maren auf den nächstbesten Stuhl fallen. Sven sah sie besorgt an und meinte, auf das kleine Sofa deutend, das sich am anderen Ende des Raumes befand: »Jetzt leg dich ein bisschen dort hin. Ich hole dich, wenn der Anwalt gekommen ist. Es nützt niemandem etwas, wenn du durchdrehst.«

Dankbar schaute Maren ihn an, der Kollege war doch nicht so übel. Bis jetzt hatte sie noch keine Gelegenheit gehabt, ihn in Aktion zu erleben, denn das war der erste gemeinsame Fall. Sie hatte schon mehrere Nächte kaum ein Auge zugetan und dieser Fall ging ihr ziemlich an die Nieren. Bei einem Serienmörder zählte jede Minute, das hatten sie heute erlebt. Deshalb nickte sie, drückte kurz seinen Arm, und ging gehorsam in Richtung Couch.

Kapitel 22

Es war 4 Uhr morgens, als Markus seine Frau wachrüttelte. Sie musste wohl doch auf der Couch eingeschlafen sein.

»Ich habe verschlafen«, dröhnte seine Stimme durch das Zimmer.

Mit einem Blick auf Marlene flüsterte Liane erschrocken: »Sei doch still. Du weckst sie noch auf.«

»Das ist mir vollkommen egal«, antwortete er, nun aber doch bedeutend leiser. »Wir müssen hier weg. Warum hast du Emma und Lars nicht geholt«, fügte er noch ärgerlich hinzu.

Liane gab Markus zu verstehen, dass er ihr ins andere Zimmer folgen sollte. Dort angekommen meinte sie: »Jetzt sei doch vernünftig. Wo sollen wir denn hingehen?«

»Keine Ahnung, aber wir können doch überall neu anfangen. Ich suche mir einen Job und alles wird gut.« Ganz so überzeugt sah er dabei allerdings nicht mehr aus.

»Das könnte klappen, wenn wir zu zweit wären, aber wir haben Kinder und können uns schließlich nicht verstecken. Die beiden müssen zur Schule gehen. Außerdem wirst du schon nicht so eine große Strafe dafür bekommen, dass es sich lohnen würde unser Leben hier einfach hinter uns zu lassen.« Liane begann ihrem Mann zu glauben, dass alles so gewesen war, wie er es ihr erzählt hatte, denn nun machte er wieder einen vernünftigeren Eindruck. Wenn sie auch nicht nachvollziehen konnte, dass ein Mensch auf einen derart dummen Gedanken kommen konnte. Aber Markus war schon immer so spontan gewesen. Das war auch ein Grund, warum sie sich Hals über Kopf in ihn verliebt hatte. Nur ist das jetzt einfach nicht mehr angebracht, wenn man Verantwortung für eine Familie hat, sinnierte sie weiter, bevor sie nochmals an seine Vernunft appellierte: »Jetzt leg dich halt einfach noch einmal hin. Ich bin müde. Ich verspreche dir, dass ich dich in einer Stunde wecken werde.«

Markus wollte zunächst aufbegehren, gab dann aber nach und legte sich wieder ins Bett. Liane ließ sich auf dem Sofa nieder, konnte aber nicht mehr einschlafen.

Um 5 Uhr weckte sie tatsächlich ihren Mann, wie versprochen, da sie wusste, dass um 6 Uhr die Polizeibeamten erneut vor der Tür stehen würden und sie wollte Markus die Chance geben, sich zu duschen und anständig anzuziehen. Diese Bitte erfüllte er auch sogleich, in der Annahme, dass sie es sich überlegt hatte und vielleicht doch mit ihm und den Kindern ins Ausland gehen würde. Wenn er auch selbst ins Schwanken gekommen war, ob sich das lohnen würde, schließlich hatte er nicht allzu viel Geld ergattert. Das Ganze kam ihm inzwischen auch alles ziemlich absurd vor. Wie hatte er nur auf so eine dämliche Idee kommen können. Er seufzte tief. Vielleicht kam auch mit einer Strafe auf Bewährung aus der Sache heraus.

Marlene schlief so fest, dass sie von allem nichts mitbekam. Als Markus im Bad verschwunden war, weckte Liane sie auf und flüsterte: »Du musst rüber ins Kinderzimmer. Demnächst kommen die Polizisten wieder.«

Die Freundin nickte, erhob sich, schwankte in das andere Zimmer und ließ sich auf Emmas Bett fallen.

Markus kam gerade aus dem Badezimmer, als es auch schon klingelte. Fragend schaute er seine Frau an. Diese zuckte mit den Schultern und ging zur Haustür, um die zwei Polizisten herein zu lassen. Tatsächlich handelte es sich um die gleichen Männer, wie am Abend zuvor. Ungläubig schaute Markus die beiden an, nachdem sie ihr Anliegen hervorgebracht hatten. Dann wandte er sich mit verletztem Gesichtsausdruck Liane zu und sagte anklagend: »Du hast das gewusst.«

Diese senkte verzweifelt den Blick, als sie erstaunt die weiteren Worte von Markus vernahm, der wieder zu den Polizisten sprach.

»Ich habe mich sowieso entschlossen, mich zu stellen. Das können Sie mir jetzt glauben oder nicht. Sonst hätte ich mich wohl kaum geduscht und angezogen.«

Zweifelnd schaute Bayer ihn an und sein Kollege sagte: »Umso besser. Das klären wir alles auf dem Revier. Dass Sie so kooperativ sind, wird sich auf jeden Fall positiv auswirken.«

»Es stimmt«, mischte sich Liane ein. Er wollte sich stellen.« Sie eilte zu Markus, schlang ihre Arme um seinen Hals und sagte leise: »Ich habe dich nicht verraten, ich habe nur nicht gesagt, dass die Beamten gestern schon da waren. Und ja, ich wusste auch, dass sie noch mal kommen würden. Aber ich liebe dich, das musst du mir glauben.«

Markus nickte, küsste seine Frau, wandte sich an die Polizisten und sagte: »Ich bin bereit. Wir können gehen.«

Als die drei die Wohnung verlassen hatten, konnte Liane die Tränen nicht mehr länger zurückhalten.

Sie schluchzte, bis sie sich dann zur Vernunft rief. Was sollte schon groß passieren. Markus hatte schließlich niemanden umgebracht. Sie würden das zusammen durchstehen.

Krankenhaus

Maren saß am Krankenbett von Sophia Leonhard. Sie hatte nicht nur aus beruflichen Gründen das Bedürfnis gehabt, diese umgehend aufzusuchen. Der Gedanke, die junge Frau hätte sterben können, hatte die Kommissarin vergangene Nacht wachgehalten. Erleichtert nach dem Gespräch mit dem Stationsarzt, in dem er ihr mitgeteilt hatte, dass sich Frau Leonhard außer Lebensgefahr befand, fiel ihr ein Stein vom Herzen.

Nachdem die junge Frau bekräftigt hatte, dass es ihr, zumindest was das Körperliche anging, soweit gut gehe, fragte Maren ohne lange Umschweife: »Können Sie mir bitte den Ablauf des Abends erzählen?«

Sophia nickte und begann stockend ihre Beweggründe zu erklären, warum sie sich mit Alexander Vollmer, den sie unter dem Namen Jürgen Neumann kannte, getroffen hatte. Als sie Marens fassungslosen Gesichtsausdruck sah, meinte sie entschuldigend: »Sie müssen wissen, ich bin in Armut aufgewachsen und wollte es einmal besser als meine Mutter haben. Können Sie das nicht verstehen?«

Die Polizeibeamtin schüttelte leicht den Kopf. »Aber Sie hätten sich doch nach dem Studium das alles selbst aufbauen können.«

»Ja schon, aber dann bin ich durch eine Freundin auf diese Agentur gestoßen. Eigentlich wollte ich es bei den Einnahmen durch den Begleitservice belassen, aber dann entstand irgendwann der Plan, dass ich mir doch auch einfach einen reichen Mann angeln und dann in aller Ruhe und ohne Geldsorgen weiterstudieren könnte.« Betrübt senkte Sophia den Blick. Sie konnte Maren nicht in die Augen schauen, weil sie sich so schämte. »Ich konnte ja nicht wissen, dass Jürgen arm wie eine Kirchenmaus ist«, fügte sie noch hinzu.

»Und wahrscheinlich auch noch ein Mörder«, ergänzte Maren. »Übrigens heißt er in Wirklichkeit Alexander Vollmer.«

»Hat er...«

»Ja«, ließ die Kommissarin sie nicht ausreden.

»Sie wären sein drittes oder sogar viertes Opfer gewesen. So genau wissen wir das noch nicht. Ich denke, dass Ihnen das eine Lehre war.«

Nun war das bisschen Farbe, das die Patientin inzwischen wieder im Gesicht gehabt hatte, verschwunden. Sie musste schlucken und erwiderte leise: »Da können Sie Gift drauf nehmen. Lieber bleibe ich mein Leben lang allein.«

»Nun, das wäre wohl auch etwas übertrieben.«

Daraufhin musste Sophia dann doch lächeln. Maren erhob sich. »Sie werden aussagen müssen, wenn Sie sich erholt haben.«

»Natürlich, ich danke Ihnen für Ihren Besuch. Das hat mir gutgetan und Sie können mir glauben, dass ich mein Leben, wenn ich hier rauskomme, komplett ändern werde. Bei BFAF werde ich sofort kündigen.«

»Das ist gut. Ich bin froh, dass wir letzte Nacht noch rechtzeitig in den Park gekommen sind.«

»Und ich erst«, seufzte Sophia und schaute der Beamtin nach, als diese das Krankenzimmer verließ.

...

Die Soko „Saskia" hatte sich zur Endbesprechung des Falles im Besprechungszimmer versammelt.

Inspektionsleiter Andreas Gerloff stand wie gewohnt mit dem Rücken zur Magnettafel und schaute sein Team an, während er die neuesten Erkenntnisse erläuterte.

»Ich kann Ihnen die gute Nachricht überbringen, dass Alexander Vollmer die Morde an den beiden Studentinnen gestanden hat. Den Mord der jungen Frau vor drei Jahren bestreitet er nach wie vor. Da können wir ihm auch rein gar nichts nachweisen«, seufzte Andreas. »Auf die Feststellung unsererseits, dass die Frauen auf die gleiche Art und Weise umgebracht worden waren, meinte er nur, dass er schließlich auch nur aufgrund der damaligen Nachrichten auf die Idee gekommen sei, sich so an seiner Freundin zu rächen, weil die ihn ja betrogen hätte.

»Und aus welchem Grund hat er dann aber auch noch Franziska Scherer umgebracht?«, wollte Sven Reichenbacher nun wissen?«

»Und versucht Sophia Leonhard umzubringen?«, fügte ein weiterer Beamter die Frage hinzu.

»Dazu hat er sich so geäußert, dass ihm der erste Mord an seiner Freundin Lust und Befriedigung bereitet hatte, dass er dieses Gefühl immer wieder erleben wollte.«

»Nicht auszudenken, wenn wir ihn nicht auf frischer Tat erwischt hätten. Es wären ihm wahrscheinlich noch einige junge Frauen zum Opfer gefallen«, mischte sich Maren ein.

»Davon können wir ausgehen«, pflichtete ihr Andreas bei. Auf jeden Fall ist dieser Fall nun abgeschlossen. Den damaligen Mord an der ersten Studentin werden wir wahrscheinlich nie aufklären können. Ich glaube auch nicht, dass Vollmer es gewesen ist, denn er hat ja keinen Grund das abzustreiten. Wahrscheinlich wird er sowieso nie mehr auf freien Fuß kommen. Wenn seine Haftstrafe irgendwann einmal beendet sein sollte, dann wird er in psychiatrische Verwahrung kommen und das weiß er auch. Es macht also keinen Sinn einen Mord zu verschweigen. Außerdem hatte ich das Gefühl, dass er stolz auf seine Taten ist und bin mir vollkommen sicher, dass er auch mit dem ersten Mord geprahlt hätte, wenn er ihn denn begangen hätte.«

Einen Moment lang herrschte Schweigen im Raum, denn solche gestörten Taten beschäftigten auch die hartgesottensten Beamten, dann fuhr der Inspektionsleiter fort: »Ihr habt alle hervorragende Arbeit geleistet und nun einige freie Tage verdient. Reicht mir bitte jeweils eure Urlaubsanträge ein und ich werde sie umgehend genehmigen. Bevor der nächste Fall auf uns wartet«, fügte er noch als Warnung hinzu. »Also nicht mehr allzu lange aufschieben.«

Alle Beteiligten erhoben sich murmelnd oder in leise Unterhaltungen vertieft von ihren Plätzen und verließen nach und nach den Raum.

Und Maren konnte es mal wieder nicht lassen, denn wenn ein Fall aufgeklärt war, wurde sie immer ein bisschen übermütig. Zuvor hatte sie keinen Kopf für Späße und versuchte verbissen so schnell wie möglich die Mörder zu finden, bevor noch mehr Unheil passieren würde. Aber nun, da sie sich letzte Nacht auch mal so richtig ausgeschlafen hatte, sah man den Schalk in ihrem Gesicht. Sie ging also, gefolgt von den Blicken ihres Chefs auf ihren Kollegen zu, legte ihren Arm um ihn und meinte lächelnd: »So mein Schatz, wir können zusammen Urlaub machen. Wo fahren wir denn hin?«

Sven starrte sie fassungslos an und sein Gesicht nahm eine rötliche Farbe an. Ihm verschlug es regelrecht die Sprache. Andreas Gerloff hingegen wurde ein paar Nuancen blasser.

»Aber natürlich können wir nicht allen gemeinsam Urlaub genehmigen«, sagte er mit ärgerlichem Blick auf Maren.

Vor der Tür angekommen fand Sven seine Sprache wieder, zog Maren fest an sich und drückte ihr einen dicken Kuss auf den Mund. Nun war es an ihr verlegen zu sein. Erschrocken kam ihr der Gedanke, dass der Kollege das nicht als Spaß aufgefasst haben könnte. Deshalb sagte sie: »Ich wollte nur unseren Chef etwas verunsichern, nachdem er dir letztens so einen Blödsinn ins Ohr geflüstert hat.«

»Schon klar«, erwiderte Sven.

»Aber mein Angebot steht, du bist immer bei mir willkommen«, grinste er Maren an.

Diese seufzte: »Ich mag dich ehrlich, aber erstens empfinde ich nur Freundschaft für dich, zweitens bist du mir eindeutig zu jung und drittens trenne ich Privates und Geschäftliches strikt. Trotzdem ärgert es mich ein bisschen, dass sich Westphal da eingemischt hat, aber nun hat er ja seine Retourkutsche bekommen«, lächelte sie.

Plötzlich klingelte ihr Handy.

»Oh, das ist meine Freundin«, meinte Maren freudig und ihr Kollege sah ihr zweifelnd nach, als sie das Revier verließ.

Ende

Epilog

Luisa deckte liebevoll den Tisch im Haus von Felix Sommer. Inzwischen war es auch ihr Zuhause geworden und natürlich das von Annabelle. Heute war ein besonderer Tag. Sie erwarteten Gäste. Endlich hatten Luisa und ihr Lebensgefährte die alte Wohnung in der Friedenstraße fertig renoviert, so dass die Übergabe an den neuen Mieter hatte stattfinden können.

Luisa schaute auf die Uhr und dachte, dass die Zeit gerade noch reichen würde, den Brief zu lesen, der heute Morgen mit der Post gekommen war. In einer halben Stunde würden die Gäste kommen, aber sie hatte schon alles vorbereitet und konnte es sich erlauben noch eine Weile ihre geschwollenen Beine hochzulegen. Felix hatte ihre Mutter, die Kollegin Melanie und Luisas Freundin Sabine zum Abendessen eingeladen, um zu verkünden, dass sie bald zu viert sein würden, denn im Frühjahr würde Annabelle ein Geschwisterchen bekommen.

Luisa nahm den Brief von der Kommode in der Diele, eilte die Treppe hinauf und ließ sich in ihrem, eigens für sie hergerichteten Zimmer, auf ihrem Relaxsessel nieder. Voller Spannung begann sie zu lesen:

Liebe Luisa,

ich möchte mich in aller Form für mein unmögliches Verhalten entschuldigen. Ich weiß, dass das, was ich getan habe, unverzeihlich ist. Trotzdem möchte ich dir sagen, dass ich mich in einem Ausnahmezustand befunden habe und nicht mehr klar denken konnte. Gerne hätte ich meinen Bruder Paul kennengelernt und dich unter anderen Umständen getroffen. Natürlich werde ich dir das Geld, sobald mir das möglich ist, zurückgeben und hoffe sehr, dass du mir eines Tages verzeihen kannst. Ganz liebe Grüße auch an deine Freundin Sabine.

Herzliche Grüße

Markus Berger

Nachdenklich legte sie den Brief auf die Seite. Irgendwie konnte sie diesem Mann nicht ernsthaft böse sein. Außer an dem Morgen, als sie den Schwindel aufgedeckt hatte, hatte sie nie das Gefühl gehabt, in Gefahr zu sein. Das Schlimmere war die Zeit davor, als sie sich ständig beobachtet gefühlt hatte und Angst um ihren Verstand haben musste. Ob sie ihm das verzeihen konnte, war ihr noch nicht so ganz klar. Luisa schreckte hoch, als es klingelte und die Stimme von Felix ertönte: »Schatz, wo bist du denn? Ich glaube, es kommen alle auf einmal.«

Freudig sprang sie auf, vergessen waren ihre durch die Schwangerschaft geschwollenen Beine. Sie hatte sich sehr auf das Fest gefreut. Sie musste schließlich auch nicht heute entscheiden, ob sie Berger verzeihen wollte....

Berlin

»Hey Liane, kannst du die Kleine bitte mal kurz halten?«

»Na klar, für mein Patenkind bin ich natürlich immer da.« Vorsichtig nahm Liane ihrer Freundin die kleine Katharina ab, damit sich Marlene für einen Spaziergang andere Kleidung anziehen konnte. Als sie auf dem Weg ins Schlafzimmer einen Blick ins Kinderzimmer warf, meinte sie lächelnd: »Schau mal einer an, wie toll Lars und Emma miteinander spielen können, ganz ohne Streitereien.«

»Ja, das klappt in letzter Zeit super, seit etwas Ruhe in unser Leben eingekehrt ist«, pflichtete Liane ihr bei.

Marlene, die sich inzwischen umgezogen hatte, rief ins Wohnzimmer: »Gehst du heute Abend noch zu Markus?«

»Ich glaube schon«, antwortete die Freundin und lächelte glücklich.

Sie besuchte ihren Mann in letzter Zeit regelmäßig in seiner Einzimmerwohnung und die beiden näherten sich langsam wieder an. In Kürze würden sie wieder als Familie zusammenwohnen. Auch Marlene wollte wieder eine eigene Wohnung haben. Aber so war es eine gute Zwischenlösung gewesen. Liane hatte etwas Abstand zu ihrem Mann gebraucht, um festzustellen, wie sehr sie ihn liebte. Und Marlene und sie waren sich in dieser Zeit gegenseitig eine große Hilfe gewesen. Abwechselnd konnten sie für die Kinder und das Baby da sein und sich die Hausarbeit teilen. Ihre Freundschaft hatte sich sehr gefestigt und sie hatten nicht die Absicht, diese jemals wieder aufzugeben.

Dank

Ich bedanke mich bei meinem Mann Peter, der diesen Krimi von Anfang an, wie auch alle meine anderen Bücher, mitgelesen hat. Vor allem auch für die Covergestaltung! Und natürlich dafür, dass er mir den Rücken freihält, dass ich überhaupt Zeit zum Schreiben habe.

Mein ganz besonderer Dank gilt meinen Probelesern Christina Bischoff und Susanne Barton! Und natürlich Dittmar Huniar und Frau B. Eichkorn für das Korrektorat und das Lektorat!

Für den letzten Schliff bedanke ich mich bei Claudia Mackiewicz!

Alle zusammen haben tolle Arbeit geleistet und mein Manuskript zu diesem wunderbaren Krimi gemacht.

Und nicht zu vergessen, danke ich natürlich allen meinen Lesern!!!

Eine kleine Bitte zum Schluss

Ich hoffe, dass Ihnen dieses Buch gefallen hat.
Der schnellste Weg, andere Leser an ihren Erfahrungen mit diesem Krimi teilhaben zu lassen, ist eine Rezension im Online-Buch-Shop.
Ihr Feedback hilft anderen Lesern, Neues zu entdecken. Außerdem hat man als Autor durch Ihr ehrliches Leser-Feedback die Möglichkeit, sich weiterzuentwickeln.
Vielen Dank im Voraus, wenn Sie sich ein paar Minuten Zeit nehmen und eine Bewertung zum Buch veröffentlichen.

Manuela Kusterer

Wer nicht vergessen kann, muss töten

Seiten: 208

ISBN:9783735721549

Es ist nicht das erste Mal, dass Privatermittler Andreas Stahl einen Drohbrief bekommt. Aber dieses Mal spürt er die Gefahr greifbar nahe. Der Verfasser des Briefes droht, sein Leben zu zerstören. Acht Wochen danach verschwindet seine Frau spurlos. Die Polizei unternimmt nichts, weil es keine Anzeichen für ein Verbrechen gibt.
In Pforzheim wird eine Frau auf entsetzliche Weise ermordet. Für die Ermittlungen ist das Polizeirevier Pforzheim zuständig. Das Team befürchtet, dass das erst der Anfang ist.
Nachdem Stahl von seiner totgeglaubten Frau einen verzweifelten Anruf bekommt, beginnt er die Suche nach ihr. Die Spur führt ins Ausland. Im Zuge der Ermittlungen kreuzen sich die Wege des Detektivs aus Karlsruhe und der im Mordfall ermittelnden Polizeibeamten. Hat das Verschwinden von Margarete etwas mit dem Fall zu tun?

Leseprobe:

Wer nicht vergessen kann, muss töten

August 2018

Der Anruf

Andreas Stahl schreckte auf, als das Telefon klingelte. War er doch tatsächlich auf dem Sofa eingeschlafen, nachdem er doch gerade erst gefrühstückt hatte. Das lag wohl daran, dass er zurzeit zu viel Alkohol konsumierte. Es verging kein Abend, an dem er nicht mindestens eine Flasche Wein zu sich nahm. Fluchend sprang er auf. Fast wäre er wieder zurück aufs Sofa gefallen, weil ihm dabei schwindelig geworden war. Wo zum Teufel war das Telefon? Schließlich fand er es, bedeckt mit einem Sofakissen, auf dem anderen Teil der Sitzgarnitur. Andreas drückte auf die entsprechende Taste, um das Gespräch anzunehmen.
Da er nichts hörte, dachte er schon, dass der Anrufer aufgelegt haben könnte, als er ein Flüstern vernahm.
»Andi, bitte hilf mir.«

Sofort war er hellwach. Wie ein Blitzschlag durchfuhr es ihn. Das war doch die Stimme seiner Frau, die seit vier Monaten vermisst wurde. Andreas hatte die Hoffnung, dass sie noch leben könnte, schon aufgegeben. Als er sich wieder gefangen hatte, schrie er ins Telefon: »Um Himmels willen, Margarete. Du lebst? Wo bist du denn um alles in der Welt?«

Aber anstelle einer Antwort hörte er plötzlich nur ein klatschendes Geräusch, das sich wie eine Ohrfeige anhörte, dann den schmerzerfüllten Schrei von Margarete und schließlich einen Knall, als ob das Telefon auf einem harten Boden aufgeschlagen wäre. Dann war alles tot. Kein Laut war mehr zu hören. Entsetzt schrie er ins Telefon: »Was ist los? Was ist passiert? Wer war das? Wo bist du?«

Bis er schließlich merkte, wie sinnlos sein Verhalten war, weil die Verbindung getrennt worden war. Verzweifelt starrte er das Telefon in seiner Hand an. Er brauchte ein paar Sekunden, um sich zu fangen, dann tippte er panisch auf der Tastatur herum, um zu sehen, ob es eine Nummer des anderen Teilnehmers anzeigte. Aber da stand nur „private Nummer". Was sollte er tun? Zur Polizei gehen? Von denen hielt er sowieso nicht allzu viel. Und wozu war er schließlich Privatermittler. Das wäre ja nochmal schöner. Gut, seine Ehe war so gut wie am Ende gewesen, sonst hätte er nichts mit der Freundin seiner Frau angefangen. Aber nachdem Margarete dann spurlos verschwunden war, kam zu der Sorge, dass sie einem Verbrechen zum Opfer gefallen sein könnte, noch die Tatsache, dass er sie mit jedem Tag mehr vermisste. Zwanzig Jahre Ehe waren nicht so einfach aus dem Gedächtnis zu streichen. Da konnte ihm auch Angela, seine Geliebte, nicht helfen. Sie ging ihm sogar in letzter Zeit immer mehr auf die Nerven. Wollte die sich doch tatsächlich hier bei ihm einnisten. Er war nicht wohlhabend, also, das konnte nicht der Grund dafür sein. Seine Frau und er hatten eine schöne Eigentumswohnung, sehr komfortabel eingerichtet, aber im Moment war doch alles eher schmuddelig und unaufgeräumt. Doch das interessierte Angela überhaupt nicht. Tatsache war, dass sie schon immer scharf auf ihn gewesen war. Sie war die Freundin seiner Frau und hatte in den letzten zehn Jahren immer wieder versucht, ihn zu verführen. Schließlich war ihr das dann auch vor ungefähr einem Jahr gelungen, als er und Margarete gerade eine Ehekrise durchmachten. Seitdem hatten die beiden ein lockeres Verhältnis miteinander, von dem seine Frau nichts wusste. Für ihn war das so ganz bequem und er war sehr zufrieden mit der Situation gewesen, aber Angela drängte immer mehr, dass er sich von Margarete trennen solle.

Ihn durchfuhr ein schrecklicher Gedanke, ob seine Freundin womöglich etwas mit dem Verschwinden seiner Frau zu tun haben könnte? Sogleich schalt er sich aber, dass das Blödsinn sei. Er würde noch verrückt werden. Er musste sich jetzt ganz schnell zusammenreißen, wenn er ihr helfen wollte. Schließlich war es sein Beruf, Leute zu finden. Nur war er nun leider selbst emotional betroffen und konnte keinen klaren Gedanken fassen. Aber die Polizei würde er zumindest vorerst aus dem Spiel lassen.

Also, was konnte vor vier Monaten passiert sein? Wurde sie womöglich entführt? Aber es kam nie eine Lösegeldforderung. Wozu auch? Bei ihm war nichts zu holen. In letzter Zeit war er immer mehr zu der Ansicht gelangt, dass seine Frau ihn wohl einfach nur verlassen hatte. Davon war auch die Polizei ausgegangen, nachdem er ihnen damals von ihren Eheproblemen erzählt hatte. Rein gar nichts hatte die unternommen, weil kein Hinweis auf ein Verbrechen vorlag. Er selbst war mit seinen Nachforschungen auch nicht weitergekommen. Schließlich hatte er aufgegeben und sich mit der Situation abgefunden.

So nach und nach hatte sich Angela in den letzten Wochen immer mehr in sein Leben eingeschlichen. Seit zwei Wochen verbrachte sie jede Nacht bei ihm, obwohl sie ihre eigene Wohnung hatte, die sich ebenfalls in Karlsruhe befand.

Plötzlich ging ein Ruck durch Andis Körper. Ihm war gerade eingefallen, dass er vor einem halben Jahr, genaugenommen acht Wochen vor dem Verschwinden seiner Frau, einen anonymen Drohbrief bekommen hatte. Dem er allerdings nicht allzu viel Bedeutung beigemessen hatte, weil so etwas schon des Öfteren vorgekommen war. Aber jetzt fiel es Andreas wie Schuppen von den Augen. Da musste ein Zusammenhang bestehen. Ihm wurde auf einmal ganz elend zumute, spürte er doch, dass sich Margarete in großer Gefahr befand. Er musste sie finden, bevor es zu spät war.

Sechs Monate früher

Andreas saß in seinem Arbeitszimmer, an einem massiven Schreibtisch aus Rotbuche, um seine Post durchzusehen. Er hatte es sich mit einem Kaffee bequem gemacht, eingehüllt in einen dicken Morgenmantel. Er hörte, wie sich seine Frau in der Küche zu schaffen machte und murmelte vor sich hin: »Die hätte jetzt aber auch einfach noch eine Weile im Bett bleiben können.«

Am Abend zuvor war ein heftiger Streit zwischen ihnen entstanden und sie hatten sich auch nicht mehr ausgesprochen, bevor sie schlafen gegangen waren.

Als ihm ein Brief besonders ins Auge stach, weil dieser nicht frankiert war, griff er danach, öffnete ihn mit einem vergoldeten Brieföffner und erstarrte. Das war eindeutig ein Drohbrief.

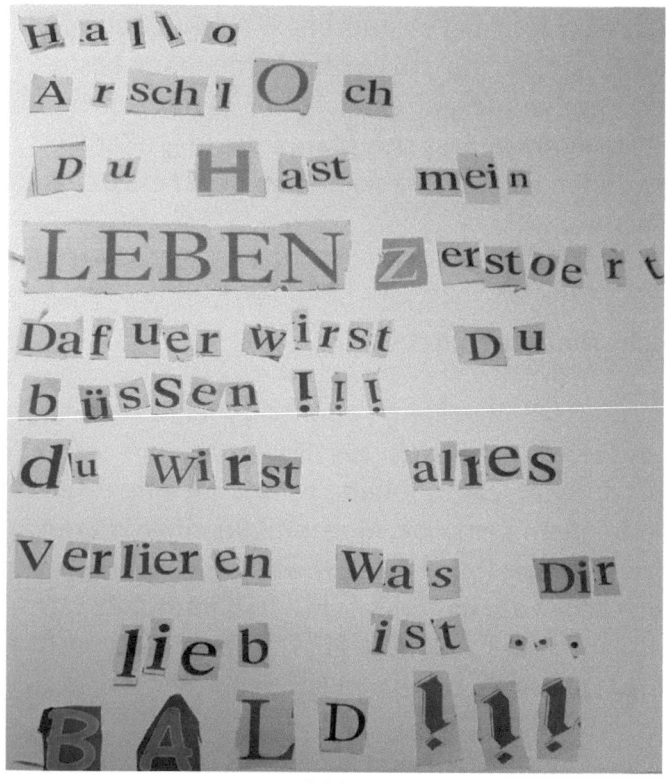

Betroffen las Andreas die Zeilen. Die Buchstaben begannen vor seinen Augen zu tanzen. Der Schweiß brach ihm aus allen Poren. Warum versetzte dieses Schreiben ihn so in Panik? Er bekam schließlich mindestens einmal im Monat so etwas und das war noch nie ein Grund für ihn gewesen, seine Nerven zu verlieren. Aber dieses Mal spürte er instinktiv, dass der Verfasser dieses Briefes kein harmloser Spinner war. Beklommen wischte er sich mit der Hand über das Gesicht und überlegte fieberhaft. Für welche Verhaftungen war er in letzter Zeit verantwortlich gewesen? Meistens wurde er nur von Ehepartnern engagiert, die Angst hatten, dass ihre Partner sie betrügen könnten. Doch in letzter Zeit waren da auch einige Fälle dabei gewesen, bei denen mindestens eine Person durch seine Ermittlungen im Gefängnis gelandet war. Seufzend erhob er sich von seinem Stuhl, seine noch volle Kaffeetasse in der Hand, als die Tür des Arbeitszimmers plötzlich aufgerissen wurde. Vor lauter Schreck schwappte ihm die braune Brühe aus der Tasse und auf dem hellen, flauschigen Teppich zeichnete sich ein hässlicher Fleck ab. Margarete, die frisch gestylt und ausgehfertig im Türrahmen stand, keifte hysterisch los: »Bist du wahnsinnig? Was machst du denn da?

Pass doch auf.« Sie sah dabei reizend aus, mit ihren halblangen, lockigen blonden Haaren und ihrem schmalen, ebenmäßigen Gesicht. Nur bemerkte Andreas das schon lange nicht mehr. Jetzt hatten sich allerdings ein paar hektische rote Flecken auf ihrer normalerweise gleichmäßigen schönen, reinen Haut abgezeichnet.

Wütend starrte ihr Mann sie an. Im Gegensatz zu Margarete war er ungewaschen und sein Haarschnitt etwas verwachsen. Durch die dunklen Locken, die ihm wirr ins Gesicht fielen, sah er etwas ungepflegt aus. Aber er hatte sich gut gehalten, man sah ihm seine 45 Jahre nicht an. »Weißt du was? Du kannst mich mal gerne haben.« Mit diesen Worten drückte er sich an seiner Frau vorbei und verschwand wortlos im Bad, das sich direkt gegenüber seinem Arbeitszimmer befand. Zuvor hatte er noch den Drohbrief zerknüllt und in den Papierkorb geworfen.

Fassungslos starrte seine Frau ihm nach. So hatte sie ihren Ehemann noch nie erlebt. Meistens ignorierte er sie in letzter Zeit. Wenn sie ihm etwas erzählte, hörte er nicht richtig zu und auch sonst ereignete sich momentan nicht allzu viel Positives in ihrem gemeinsamen Leben. Aber er war bisher nie ausfällig geworden. Nachdenklich verließ Margarete das Haus, um sich in der Innenstadt in einem Café mit ihren Freundinnen zu treffen. Sie hatte sich eine Woche frei genommen, da sie Urlaub abbauen musste. Die Werbeagentur, in der sie arbeitete, befand sich ganz in der Nähe ihrer Wohnung.

Die Hoffnung, dass ihr Mann und sie ein paar Tage wegfahren würden, hatte sie inzwischen schon aufgegeben, denn die halbe Woche war schon vergangen. Das war auch gestern der Anlass zum Streit gewesen.

Um wieder klar denken zu können, schüttete Andreas sich erstmal eine Handvoll Wasser ins Gesicht. So konnte es nicht weitergehen.

Vor einem halben Jahr hatte er eine Beziehung mit der angeblich besten Freundin von Margarete angefangen. Sie steckten damals schon in einer Ehekrise, als Angela dieses schamlos ausgenutzt und ihn verführt hatte. Es war auf einer Geburtstagsparty geschehen. Margarete hatte sich früh verabschiedet und war ohne ihn nach Hause gefahren. Er hatte aber noch keine Lust verspürt, zu gehen und ihr gesagt, dass er sich später ein Taxi nehmen würde. Dann aber hatte er sich mit mehreren Schnäpsen volllaufen lassen und war am nächsten Morgen bei Angela im Schlafzimmer aufgewacht. Erinnern, was in dieser Nacht passiert und wie er in ihre Wohnung gekommen war, konnte er sich nur ganz dunkel. Margarete fragte nicht nach, wo er die Nacht verbracht hatte, da sie davon ausging, dass er bei ihren Freunden Heinz und Bettina, bei denen auch die Party stattgefunden hatte, geblieben war. Und Angela schwieg ebenfalls.

Kurzentschlossen ging Andreas unter die Dusche und entschloss sich, wie schon des Öfteren, die Affäre mit seiner Geliebten zu beenden. Aber so einfach war das nicht, weil sie ihm schon mehrfach zu verstehen gegeben hatte, in diesem Falle alles auffliegen zu lassen. Er ließ kaltes Wasser über seinen Körper laufen und stöhnte auf. Wieso war er damals nur so blöde gewesen.

Immerhin war er nach der Abkühlung so klar im Kopf, dass er wieder denken konnte und nachdem der Schock über den Brief verwunden war, entschloss er sich, diesen zu ignorieren. So machte er es schon seit Jahren, wenn er solche Post bekam. Bestimmt war es auch dieses Mal nicht von Bedeutung. Wahrscheinlich hatte mal wieder jemand Langeweile gehabt. Er musste sich nun erst einmal um seinen Beruf kümmern und einen Ehemann beschatten. Seine Klientin wurde schon ungeduldig. Das war auch der Grund, weshalb er mit Margarete im Moment nicht in den Urlaub fahren konnte. Nur hatte diese leider gar kein Verständnis dafür. Und schon war Andreas gedanklich wieder bei seinen Eheproblemen gelandet.

Als es an der Haustür klingelte, schaute Andreas irritiert auf seine Armbanduhr. Er hatte gerade das Bad geputzt, damit er nicht noch mehr Ärger mit seiner Frau bekommen würde und wollte sich nun eigentlich einen zweiten Kaffee gönnen. Heute war sein erster Termin erst für 11 Uhr geplant und jetzt war es gerade mal zehn. Er ging zur Sprechanlage und fragte unwirsch: »Hallo?«

»Ich muss mit Ihnen sprechen.«

»Wer sind Sie? Sie haben keinen Termin.« Fieberhaft überlegte Andreas, ob er vielleicht etwas vergessen hatte, als die Antwort des Fremden ertönte: »Nein, habe ich nicht, aber ich habe einen Auftrag für Sie. Lassen Sie mich jetzt herein oder soll ich mir jemand anderes suchen?«

Nach kurzer Überlegung - schließlich war noch eine Stunde Zeit -, antwortete er: »Also gut. Gehen Sie bitte die Treppe hinunter ins Untergeschoss. Dort befindet sich mein Büro. Ich komme gleich«, und drückte auf den Türöffner. Der Raum, der ihm als Büro diente, war gemietet. Eigentlich gehörte dieses ausgebaute Zimmer, das sich neben den üblichen Kellerräumen befand, zur unteren Wohnung, aber der Besitzer hatte nicht die Absicht es zu nutzen und hatte Andreas vor ein paar Jahren angesprochen, ob er es haben wolle. Dieser hatte begeistert zugestimmt, weil sich in seiner Wohnung nur ein kleines Büro befand. Dort hatte er in den ersten drei Jahren, nachdem das Ehepaar in die Eigentumswohnung gezogen war, seine Klienten empfangen.

Fünf Minuten später war auch Andreas unten angekommen und betrachtete den Mann, der sich auf dem Besucherstuhl vor der Bürotür niedergelassen hatte und stellte fest, dass ihm dieser Fremde sehr unsympathisch war. Er war groß, hatte eine eher hagere Figur und wirkte ziemlich ungepflegt mit seinen lichten, braunen Haaren. Nun sprang er auf und streckte Andreas seine Hand entgegen mit den Worten: »Ich bin Thorsten Gruber und ich bin auf der Suche nach meinen leiblichen Eltern. Können Sie mir da behilflich sein?«

»Jetzt kommen Sie erst einmal in mein Büro. Das müssen wir ja nicht hier im Gang besprechen«, entgegnete Andreas, ganz entgegen seiner Gewohnheit, etwas mürrisch. Zu seinen Klienten war er normalerweise immer höflich und zuvorkommend. Schließlich war er darauf angewiesen, Geld zu verdienen, damit sie sich die komfortable, teure Eigentumswohnung leisten und auch noch regelmäßig in den Urlaub fliegen konnten.

Nachdem er die Tür aufgeschlossen und Herr Gruber gegenüber seinem Schreibtisch Platz genommen hatte, bot er ihm dennoch etwas zu trinken an. Thorsten Gruber lehnte dankend ab, während er sich in dem kleinen Büro umschaute. Außer dem Arbeitsplatz und dem Stuhl davor gab es nur noch ein kleines, braunes Sofa in der Ecke und auf der anderen Seite befand sich eine Kiste mit Mineralwasser, neben einem kleinen, runden Beistelltisch mit drei Gläsern darauf. Andreas, der seinen Blick bemerkte, räusperte sich: »Ich wohne oben. Hier unten befindet sich nur das Büro.« Gleichzeitig ärgerte er sich darüber, dass er sich vor dem Mann auch noch für sein kleines Reich entschuldigte. Deshalb begann er das Gespräch auch etwas ungehalten: »Dann schießen Sie mal los? Was kann ich für Sie tun?«

»Das habe ich Ihnen doch schon gesagt«, erwiderte Gruber nicht weniger ruppig.

Andreas lehnte sich auf seinem Schreibtischstuhl, auf dem er inzwischen Platz genommen hatte, zurück, schaute Herrn Gruber nachdenklich an und meinte: »Sie suchen also Ihre leiblichen Eltern. Dann gehe ich davon aus, dass Sie adoptiert sind?«

»Ja, klar. Trauen Sie sich das zu?«

»Ich werde auf jeden Fall mein Bestes geben. Bis jetzt habe ich so ziemlich alle Aufträge erledigen können. Aber zunächst benötige ich einige Angaben von Ihnen.« Dabei verschwieg Andreas, dass es sich in der Regel meistens um Aufträge handelte, in denen er untreue Ehepartner ausfindig machen sollte.

»Was möchten Sie wissen?«

»Alles. Wo Sie geboren sind, wer Ihre Adoptiveltern sind und warum Sie jetzt erst Ihre leiblichen Eltern suchen.« Dabei schaute er den ungefähr dreißigjährigen Mann, der ihm gegenübersaß, fragend an.

»Also, ich bin in Pforzheim geboren und noch als Säugling zu meinen Adoptiveltern gekommen, die damals ebenfalls dort gewohnt haben. Als ich dann fünf Jahre alt war, sind wir hierher nach Karlsruhe umgezogen. Ich suche meine leiblichen Eltern erst jetzt, weil meine Adoptivmutter vor Kurzem gestorben ist. Angeblich wusste sie nichts von meiner Herkunft. Mein Vater ist schon vor längerer Zeit nach einer schweren Krankheit gestorben.« Man sah Thorsten bei diesen Worten an, wie sehr er immer noch um ihn trauerte.

»Okay, dann füllen Sie bitte dieses Formular aus. In welchem Krankenhaus Sie geboren wurden und Ihre aktuelle Adresse. Und natürlich alles, was Sie noch wissen, was mir die Suche erleichtern könnte. Und das hier lesen Sie sich bitte ebenfalls durch und wenn Sie mit meinem Honorar einverstanden sind, müssten Sie dieses Blatt ebenfalls

unterschreiben. Dann werde ich mit den Ermittlungen beginnen.« Andreas legte zwei Formulare
vor Thorsten Gruber hin und wartete, bis dieser
sich alles durchgelesen hatte. Schließlich hob
Thorsten den Kopf und meinte zögernd: »Beeilen
Sie sich, meine Eltern zu finden, denn ich kann Sie
mir nicht allzu lange leisten«, unterschrieb dann
aber kurzentschlossen den Vertrag.

»Das mache ich immer«, antwortete Andreas
kühl.

Nachdem der Mann gegangen war, blieb Andreas
noch eine Weile grübelnd in seinem Arbeitszimmer sitzen. Warum war ihm dieser Mann nur so
unsympathisch? Er hatte doch normalerweise
nicht solche Vorurteile. Dazu kam noch, dass er
wusste, dass es nicht einfach, wenn nicht sogar
unmöglich werden würde, die leiblichen Eltern
von Herrn Gruber zu finden. Aber er hatte es auch
nicht fertiggebracht, den Auftrag abzulehnen. Er
hatte zwar genug Klienten, so war es nicht, aber
um den Lebensstandard, den Margarete und er
hatten, halten zu können, reichte es nicht ganz.
Allerdings spürte Andreas eine gewisse Bedro-
hung, die von dem Fremden auszugehen schien.
Aber wahrscheinlich litt er schon unter Verfolgungswahn, wegen des Vorfalls von heute Mor-

gen. Entschlossen erhob er sich, um endlich seinen wohlverdienten zweiten Kaffee zu genießen,
bevor gleich sein nächster Klient käme...

Von der Autorin gibt es außerdem noch

die Schwarzwaldkrimiserie

„Lea und ihr Team"

Manuela Kusterer

Das Schweigen im Schwarzwald

Lea und ihr Team
Erster Fall

Schwarzwaldkrimi

Seiten: 192
ISBN: 9 783741280597

Hauptkommissarin Lea Sonntag und ihr Team ermitteln in einem Mordfall. Ausgerechnet in dem idyllischen Kurort Schömberg an der Pforte zum Schwarzwald wird eine Leiche gefunden. Lea, die geplant hat mit ihrem Freund in den Urlaub zu fliegen, muss sich entscheiden. Wird sie ihren Urlaub abbrechen und ihre Kollegen Alex, Rudi und Katja unterstützen? Da ihre Beziehung auf wackeligen Beinen steht, fällt ihr diese Entscheidung schwer. Als dann aber auch noch eine Frau spurlos verschwindet, gibt es nicht mehr viel zu überlegen. Vielleicht zählt jede Stunde, um das Leben der Vermissten zu retten. Das Polizeiteam stößt an seine Grenzen. Hängen diese beiden Fälle überhaupt zusammen? Außerdem machen die kleinen Meinungsverschiedenheiten mit ihrem Kollegen Alex Lea das Leben nicht gerade leichter.

Manuela Kusterer

Die Tote, die noch lebt

Lea und ihr Team
Zweiter Fall

Schwarzwaldkrimi

Seiten: 186
ISBN: 9783743196360

Eine Leiche wird in Schwarzenberg, einem Ortsteil von Schömberg an der Pforte zum Schwarzwald, gefunden. In Remchingen versteht eine Frau die Welt nicht mehr und in Karlsruhe stirbt eine wichtige Zeugin, bevor man sie befragen kann. Hauptkommissarin Lea Sonntag weiß mal wieder nicht, wo ihr der Kopf steht. Zudem hat sie im Moment genug private Probleme und ihr Kollege Alex macht mal wieder zusätzlichen Stress. Außerdem erweist sich die Aufklärung des Falles schwieriger als es zunächst den Anschein hatte. Ob das Polizeiteam es schaffen wird, die Fäden zu entwirren?

Manuela Kusterer

Rache oder Wahnsinn

Lea und ihr Team
Dritter Fall

Schwarzwaldkrimi

Seiten: 164
ISBN: 9 783744867719

Ein neuer Fall nimmt das Schömberger Polizeiteam voll und ganz in Anspruch. Zwei Personen werden ermordet aufgefunden. Ist es Zufall, dass beide dem gleichen Freundeskreis angehören? Gehört der Mörder vielleicht auch dazu? Hauptkommissarin Lea Sonntag ist überfordert. Dazu kommt, dass sie sich seit einigen Tagen krank und antriebslos fühlt. Außerdem bringt sie sich durch einen unachtsamen Moment in große Gefahr. Werden ihre Kollegen sie rechtzeitig finden?

Manuela Kusterer

Hass oder Verzweiflung

Lea und ihr Team
Vierter Fall

Schwarzwaldkrimi

Seiten: 196
ISBN:9 783752877878

Ein Mann wird im Nordschwarzwald tot in seinem Auto aufgefunden. Dass es Mord war, steht schnell fest.
Das Schömberger Polizeiteam wird informiert und nimmt die Ermittlungen auf. Da bleibt keine Zeit mehr, sich in Ruhe an die neue, hübsche Kollegin zu gewöhnen. Als kurze Zeit später eine Frau auf die gleiche Art und Weise ermordet aufgefunden wird, verbreitet sich die Angst, dass der Täter noch einmal zuschlagen könnte. Wird das Team weitere Morde verhindern können?

Manuela Kusterer

Die Liebe, das Leben und die täglichen Katastrophen

Roman

Seiten: 176
ISBN: 9783746008998

Eliane müsste eigentlich glücklich sein, denn sie hat alles, von dem andere nur träumen. Einen gut verdienenden Mann, ein schönes Haus und genügend Geld, um ein angenehmes Leben führen zu können. Aber sie ist nicht zufrieden. In ihrer Ehe kriselt es, ihre Freundinnen hören ihr nicht zu und ihren Traum, ein Café zu eröffnen, kann sie nicht verwirklichen, weil ihr Ehemann dagegen ist. Dann wird Eliane von einigen heftigen Schicksalsschlägen getroffen. Wird sie vielleicht dadurch erkennen, was und vor allem wer wirklich wichtig ist im Leben?

Manuela Kusterer

Tamara, ihr Leben und das Café

Roman

Seiten: 192
ISBN: 9783748183280

Seit Tamara bei ihrer Freundin Eliane im Café arbeitet, ist sie einer der glücklichsten Menschen auf Erden. Dachte sie zumindest bis vor acht Wochen, denn seit einiger Zeit verhält sich ihr Ehemann immer seltsamer. Hat er vielleicht eine Geliebte? Das kann sich Tamara allerdings nicht vorstellen, da er sich ihr gegenüber liebevoll wie immer verhält. Aber was ist es dann? Dazu kommt noch, dass sie drauf und dran ist, sich in einen anderen Mann zu verlieben. Verzweifelt sträubt sie sich gegen ihre Gefühle und versucht ihre Ehe zu retten……

Manuela Kusterer

Neues aus dem Café und andere Katastrophen

Roman

Seiten: 180

ISBN:9783750419803

Ohne Freundschaft geht es nicht. Aber auch beste Freundinnen haben ab und zu ihre eigenen Probleme...

Viviennes Traum von einer guten Ehe ist wie eine Seifenblase geplatzt. Plötzlich merkt sie, dass ihre reichen Freundinnen sich alle von ihr abwenden. Was soll sie nur tun? Kontakt zu ihrem früheren Freundeskreis aufnehmen? Aber wie würde sie dort empfangen werden? Schließlich war sie damals nicht sehr nett zu ihnen gewesen.Vor allem Eliane hatte allen Grund, böse auf sie zu sein. Auch Tamara, Vivis beste Freundin aus alten Tagen, hatte sich schließlich von ihr abgewendet und arbeitet jetzt sogar in Elianes Café. Dann sind da noch Rebecca, Klara und Klaus aus der Wohngemeinschaft. Klara ist unsterblich in ihren Mitbewohner verliebt. Aber beruht das auf Gegenseitigkeit? Und Rebecca hat ihre eigenen Probleme. Sie wird von ihrem Ex-Freund gestalkt. Werden die Freundinnen bemerken, dass sich eine von ihnen in großer Gefahr befindet? Selbst Tamara mit ihrem Helfersyndrom ist im Moment mit sich selbst beschäftigt und bekommt nicht vie von ihrem Umfeld mit.